慰安旅行に連れてって!
～許可証をください!2～

鳥城あきら

CHARADE BUNKO
二見シャレード文庫

目次

目次

湖底府に霊がとどいた
5

星空都市に還ってきた
63

pleasure trip
147

イラスト——文月あつよ

慰安旅行に連れてって！〈前編〉

阿久津弘《あくつひろし》は今まさに途方に暮れていた。

このまま行くと喜美津《きみつ》化学は操業停止になるかもしれない。操業停止とは工場が製品を造ってはいけないということで、製品を造れない製造業はハッキリ言って製造業ではない。存在意義を失ってしまった化学工場の辿《たど》る道は…。

(…閉鎖?)

頭に浮かんだ怖い考えをブルブルッと振り払い、弘は気を取り直して目の前のデータをもう一度検証し始めた。終業時間をはるかに過ぎた品証事務室にひとりきり、連日の残業はすでに一週間ぶっ通しになっている。特に今夜は、なけなしの元気を奪い去るような出来事があったからさらにしんどい。

弘は深くため息をついて、机の上に突っ伏した。


その電話は、終業間際に品証へ直接かかって来た。最初に出たのは事務室に常駐している部長の木崎《きざき》だ。

「はい、喜美津化学・品証部です。…あ、ああ、先日はどうも。…いえ、それは、あの、ちょっと担当の者と代わりますので」

木崎の慌てたような目配せを受けて、弘は（ついに来たか）と観念した。相手は誰《だれ》だか予想がついている。おそらく三日前に工場に立ち入り検査に来た市役所の職員だ。

「はい、お電話代わりました、阿久津です」

『どうも、――先日お邪魔した環境保全課の山根《やまね》ですが』

「お世話になります」

『お世話じゃありませんよ阿久津さん、おたくの排水なんですがね、いったいどうなってるんですか』

「…はぁ、あの…」

嫌味を含んだ厳しい言葉に、山根が工場へやって来た時の姿が蘇《よみがえ》ってくる。眼鏡《めがね》をかけた七三分けの、いかにもお役人といった堅物だった。

『おたくね、わかっているんでしょう？　こちらの数値は追ってＦＡＸしますけれど、何か対策はないんですか？　調査中調査中って、さっぱり良くならないじゃありませんか。むしろどんどん悪くなってる』

「申し訳ありません。弊社としましてもできる限りの検討を行っているんですが…」

『もったいぶった検討もいいんですがね、このまま行くと工場の操業を停止してもらうしかありませんよ。一ヶ月ほど猶予を設けますが、これが最後になります。次の立ち入りで改善の兆候が見られなければ、市の方としてもそれ相応の手を打たせてもらいますから。よろしいですね？』

「……」

文字通りの最後通牒《つうちょう》。

『よろしいですね？』と訊《き》かれて「よろしくありません」と答えられたらどんなに良かったか。弘はしおしおと受話器を置いた。

それからずっと頭を抱えている。

実は喜美津化学の排出する総合排水の性状がどんどん悪化しているのだ。

化学薬品を製造する工場では、たとえ喜美津化学のような中小でも大量の水を使う。そして製造過程で利用された水は、最終的には工場の外へ排出され、それがいわゆる〝工場排水〟となる。

そしてこの工場排水の性状に関しては公的な基準が定められており、排水中に含まれる汚染物質を一定の数値以下まで浄化しなくては外へ排出できない決まりになっている。

喜美津化学は創業以来、年々厳しくなる排水基準をどうにかこうにかクリアしてきた。

——が、ここ半月で排水の性状が急に悪化して、最近では完全に汚染物質の濃度が基準値をオーバーしてしまっているのだ。

基準値はもともと厳しく設定してあるから、オーバーしたからといって今すぐ工場の周囲の環境がどうなるものでもない。しかし、改善へのタイムリミットは一ヶ月。未《いま》だ悪化の原因を摑《つか》んでいない弘にとっては、あまりにも短い時間だ。

（もう、最終手段しか残ってないのかな…）

ボンヤリと考えて頭を振る。ここ何日か、何度となくそれを考えたけれど、上手くいくかどうかわからない企てだったから決断がつかないでいる。

弘はもう一度大きくため息をついた。数字ばかり見つめているから目がチカチカして辛《つら》い。

机に突っ伏したまま——。

（ああ、眠い…）

「まだ残業か？」

「うわっ⁉」

いきなり声をかけられて、弘は心臓が止まらんばかりに驚いた。勢い振りかえれば、事務室の入り口に見慣れた前原健一郎《まえはらけんいちろう》が立っているではないか。しかも作業着。

一瞬、目を疑う。

「ま…前原？　え？　あれ？　今日は一番だったんじゃ…？」

「吉《ヨシ》さんが有休で臨時で二番に入ってたんだ」

「二番？　じゃあ朝からずっと工場に？」

「ああ」

「……ごめん、全然気がつかなかった」

「別に謝ることじゃねぇよ」

前原は弘のところまで来ると、その肩越しに机の上をのぞき込んだ。フッと鼻をくすぐる汗の匂《にお》いにドキリとして、弘は思わず目を伏せてしまう。ふたり、ただならぬ関係になってひと月半が過ぎようとしていたけれど、この男の気配は未だに弘の身体《からだ》をチリチリさせるのだ。

そんな弘の動揺を知ってか知らずか、後ろの男前は切れ長の目で紙の上に並ぶ数値をひとしきり眺めた後、「相変わらず悪いな」と小さく呟《つぶや》いた。前原はこのところの排水事情を知っている。その言葉が耳に入ったとたん、弘はハッと我に返った。

そうだ、前原の登場にドギマギしている場合ではなかった。

「ずっとこの調子か？」

「悪化の度合いは四、五日前がピークで、そこからは悪いなりに安定してるんだ。…なんだか飽和した感じかな」

「原因は？　もう見当はついたのか？」

「ある程度はね。——でも今日、市から操業停止をチラつかされたよ」

「そりゃ大変だな」

「……」

深刻なことをサラリと言ってサラリと返され、弘は前原を見上げた。

目の前の男は製造部で〝若頭〟と称される、自他ともに認める工場の実力派だ。まだ二十五ではあるけれど、その言動はいつでも自信に満ち溢《あふ》れていて他の者を圧倒する。かくいう同い年齢《どし》の弘だって、ほんの少し前までは前原と口を利くのも苦手だったのだ。

まさかその前原が同性の自分に特別な感情を抱いて、しかもそれに自分が応《こた》えてしまうとは夢にも思わなかった。

それだけじゃない。応えて、身を重ねて、心まで全部持って行かれそうになって——。

「もう今晩はやめとけ」

「！」

ドキッとして目を瞬《しばた》かせ、弘は前原と目が合いそうになるのを咄嗟《とっさ》にかわした。

「おまえ、えらく疲れた顔してるぞ。何もひとりで悩むこたない。明日工場長に報告して一緒に青くならせろ」

「…あ、うん。でももう少し…」

「いいから」

躊躇《ちゅうちょ》する弘を強引に立たせた前原は、机の上にちらばったデータ用紙をさっさと片づけてしまった。

「バイクで送ってやる。早く着替えて来い」

「え？　いいよそんな。まだバスで帰れるから」

弘としては、就業中の前原にそんなことしてもらうわけにはいかないから――と遠慮したつもりだったが、言われた前原はニヤリと口のはしを上げた。

「なんだ、そんなに警戒しなくても無理におまえの家へ上がり込んだりしねぇよ」

「え？」

「――それとも上がり込んで欲しいのか？」

「………は？」

「そういやまだ入れてもらったことなかったよな、――おまえの部屋」

「!!」

反射的に引きかけた腰を太い腕に抱き込まれ、鼓動がダッと跳ね上がる。

「まっ…前原、ちょっ…」

慌ててもがけば、さらに拘束が強まった。

「おまえって、どうしてそんなに淡泊なんだ？」

「た…淡泊？」

「この前からもう十日以上も経《た》ってんだぞ」

「十日って…」

「そりゃ一回があれだけ濃けりゃ何日かは持つけどよ、それだってもう限界だ。俺には全然足らねぇよ」

耳たぶをねぶるような前原の囁《ささや》きに、弘の身体がビクッと痙攣《けいれん》した。

十日前の、前原の部屋での出来事は、思い出すだけで未だに目が眩《くら》むのだ。身体を重ねたのはまだ片手の指で足りるというのに、熱く猛《たけ》った前原をこの身体に深々と受け入れ、身も世もなく朝まで喘《あえ》ぎ続けた。

ドクッと弘の身体の芯《しん》が蠢《うごめ》く。

一瞬、激しく視界がぶれた。

「あ…！」

官能のフラッシュバックに思わず怯《ひる》んだ弘の隙《すき》を見逃さず、前原は強引にその唇を犯した。易々《やすやす》と侵入して来る熱を思わず受け止めそうになって、弘は身をよじる。

「前原っ、やめっ…」

「なぁ、送ってってやるから部屋に入れろよ。この前みたいな無茶はしねぇから」

そんなこと、とんでもない。

弘は迫って来る逞《たくま》しい身体を真っ赤になって押しかえした。

「なっ…何言って、…き、君はまだ仕事中だろっ!?」

「仕事中？　そっちこそ何言ってんだ、俺の番はとっくに終わってるぞ」

「え？」と目を瞠《みは》れば、見返す前原も怪訝《けげん》そうな顔。

「でも…二番なら八時までじゃ…」

「だから、今はもう九時過ぎだ。なんだおまえ、いま何時かもわかってなかったのか？」

「いま何時…って、え？　もう九時過ぎ？」

思わず壁の時計に目をやって、弘はハタッと動きを止めた。〝九時〟という時間が妙に引っかかる。

（九時…に何か用がなかったっけ…？）

何か？

「あ！」

「え？」

「く…九時って、九時？　もう九時過ぎてるのか!?」

真っ赤だった弘の顔がいきなり真っ青になった。オロオロと右を見て左を見て、最後に下を見てから前原を見る。

「おい、なんなんだ、いったい？」

「前原どうしよう、約束が…、待ち合わせが九時だったんだ」

「約束？　待ち合わせ？　なんだそりゃ」

「徳永《とくなが》くんとの食事だよ」

「徳永ぁ？」

焦った弘は前原の語尾が心持ち上がったのには気がつかない。

「去年本社の営業に入った子だよ。いま矢野《やの》さんの下にいるんだけど、知らない？」

「本社の人間なんて、俺ぁほとんど知らねぇよ。…で、おまえはその徳永って野郎とどういう約束をして、夜九時になんの用があったんだ？　あぁ？」

「何って…親睦《しんぼく》だよ。こっちが工場で、あっちが本社のに決まったんで、一度ゆっくり食事でもって誘われて」

「はぁ？　誘われて？——言ってる意味がわからねぇ」

「え…っと…」

弘は（あれ？）とドキドキした。

前原の雰囲気が急に険悪になったのはなぜだろう？　——が、とりあえず一拍おいて落ち着いて。

「だから、会社の慰安旅行の幹事だけど」

＊＊＊

「ほんっとうにゴメン！」

『いやぁ、もういいですよ。そんな待ったわけじゃありませんし、すぐ連絡もらえたから。だいたい、品証の阿久津さんが忙しいのは矢野課代によっく聞かされてます』

週明け早々、改めて謝りの電話を入れた弘に、件《くだん》の徳永は明るい声で応えた。

『そんなに何度も恐縮されると僕も困っちゃいますよ。旅行までにはまだ一ヶ月もありますし、またお誘いしますから、次は絶対つき合ってくださいね』

「あ…うん。ありがとう」

『とんでもない。――ところでこの前お願いした件、工場の希望調査は終わりましたか？そろそろ行き先だけでも決めたいんです』

「あ、え〜っと、…い、今まとめてるんで、あの、もうちょっと待ってもらっていいかな？」

『もちろんいいですよ。まとまったらすぐに教えてくださいね』

「うん。申し訳ない」

受話器を置いて弘はガックリ肩を落とした。電話の向こうは別に怒ってはいなかったけれど、どう考えても申し訳ないことをしたと思う。自分がもっと時間を気にしていれば、徳永に無駄なことをさせずにすんだのだ。

（やっぱり断れば良かったかなぁ…）

慰安旅行の幹事を。

部長の木崎に「阿久っちゃん、やってみる？」と訊かれて、思わず「はい」と答えてしまった自分を弘は心底呪《のろ》った。

そもそも、事の発端はほんの一週間前の話。例によって排水悪化の原因解明に頭を悩ませていた弘の耳に、木崎と江夏《えなつ》の会話がなんとはなしに聞こえてきた時だ。

「うちの会社って、慰安旅行がどうして五年に一度なんスか？」

「そりゃあ創業当時は貧乏だったらしいからねぇ。会社立ち上げ五年目にしてようやく社員全員を慰安旅行に招待できたってのが、うちの社長の自慢なんだよ。それからは事業も順調に伸びたけれど、だからっていい気にならないよう五年に一度にしたって聞いたけどな。傍《はた》から見ればただのケチなんだけど、まぁ社長にもそれなりの一家言があるんでしょう。ちなみに今年が創業四十五周年だね」

「へぇ～」

江夏と一緒に弘も内心（へぇ、そうなんだ）と感心した。入社して三年ちょっとのふたりには今回が初めての参加になる。すでに慰安旅行歴六回を誇る木崎が教えてくれるのには、喜美津化学の慰安旅行というのはまず、旅行業者に旅行先や宿泊施設の候補をいくつかピックアップさせ、後は本社と工場からひとりずつ選ばれた幹事が旅行先の最終調整と旅行中の世話をするのだということだった。

「幹事が世話を？　添乗員とかはつけないっスか？」

「うん。なんだか妙に手作りっぽいんだよねぇ、うちの旅行」

「工場の幹事は誰がやるんスか？」

「江夏っちゃん、してくれる？」

「へ？」

「だいたい品証がやるんだよね、幹事」

「へ？」

よくよく聞いてみれば、だいたいどころか高卒で入社した木崎が二十歳《はたち》で初めて幹事を任されて以来ずっと、六回連続で慰安旅行の世話をしてきたというのだ。

弘は思わず振り返った。

喜美津化学のような従業員数百人未満の会社では、こういった役割分担の固定化が起こりやすい。人の良い木崎のことだから、最初に幹事をやらされてから他人に代わってもらうことができなくなったのだろう。

さすがに部下がふたりもできた今回はお役目を返上したいというところだろうが、突然白羽の矢が立って困ったのは江夏の方だ。

「えぇ？　俺っスか？　そんな、幹事なんて大役できませんよ、自信ないっス」

江夏、精一杯の固辞も、木崎はニコニコとして受け入れない。

「大丈夫、大丈夫。私も二十歳が最初だったんだからさ、まぁ思いきってやってごらんよ、意外に楽しいよ」

「…っスけど…」

江夏がチラリと弘を見た。

その情けなさそうな表情が目に入ったとたん、弘は彼が何を言って欲しいのか察してしまった。

「あ…江夏っちゃん、消火隊の訓練あるんだっけ？」

弘の言葉に、江夏の表情がパァッと明るくなる。

「っス！　製造の菊川《きくかわ》がやろうやろうってうるさくて、もう連日なんスよ」

「そうか、仕事の合間をぬってだから大変だよね。あっちは三交代で時間が不規則だから余計にね」

「っス！」

品証の江夏がどうして製造の菊川たちと消火隊の訓練をしているのか、それには深くて単純な理由があったのだけれど、この際それを横に置いておいても、何かと折衝事の多そうな旅行の幹事を弱冠二十一歳の江夏にやらせるのはかわいそうな気がする。――かといって、すでに六回も幹事をやらされている木崎に「またお願いします」とも言い辛い。

パタパタパタッと瞬《まばた》きをしてから、弘はおもむろに木崎を見た。木崎も弘を見返した。しばしの沈黙が続いて――。

「阿久っちゃん、やってみる？」

「はい」

正直、それしか答えようがなかった。

二、三日して本社から幹事としてやって来たのが営業部の徳永治基《はるき》だ。

本社の営業部は社長兼営業部長の喜美直之《きみなおゆき》を除けば、課長代理の矢野を筆頭に総勢四名。徳永は去年入社したばかりの新米で、弘も顔ぐらいは見知っていたけれど、口を利くのはこれが初めてだった。

スラリとした長身にそつなくスーツを着こなし、弁舌さわやかにして華やかな雰囲気の好青年は、小柄で人好きのする矢野とはまた違ったタイプの営業マン。そんな徳永が、弘が工場側の幹事だと知って大喜びしたのである。

「うわぁ、感激だな～、阿久津さんと一緒に旅行の幹事をやれるなんて！　この前の大東亜《だいとうあ》有機《ゆうき》のクレームの件、先方に提出した報告書のコピー拝見しました。あれ、すごかったですね。それにクレーム大王とのやりとりも聞いてますよ」

「クレーム大王……？」

というのは、コバヤシさんか。

「あ、いや、それは…」

「もうねぇ、矢野課代が阿久津さんのことベタ褒めなんです。僕もいつか阿久津さんと一緒に出張とかしたいって思ってたんですよ～。でも慰安旅行の幹事でもいいです。うちの旅行は幹事以外が全員お客さん気分だから、すっごく大変だってみんなに脅されてたんですけど、憧《あこが》れの阿久津さんとなら、僕、頑張れます」

「……」

恥ずかしいくらいの好意に、なんと言って答えればいいかわからない。

弘が返事を迷っているうち、徳永は旅行業者が提案してきたものだと言って数枚の旅程プランを弘に渡した。

「まず最初に、工場でどの案が一番人気か調べて欲しいんです」

行き先が決まれば宿泊先も決まるし、行き帰りに利用する交通機関は業者が用意してくれるからと笑った後、少し照れくさそうな顔をして弘を見て。

「あの、良ければ一緒に食事とかどうでしょう？　これから一ヶ月間とはいえ何かと連絡することもあると思いますし、僕という人間も知っていただきたいし。え～っと、変な言い方だけど親睦もかねまして」

「…あ？」

慰安旅行の幹事同士で親睦会。

妙な語呂だなとふと思ったが、徳永の言い分は良く理解できたので弘はすぐに承諾した。

「それじゃあ明後日《あさって》の金曜、本社の側《そば》の小料理屋でいいですか？　本社に来ていただけたら案内します」

「それはいいけど、ちょっと遅くなるかもしれないんだ」

「遅いのはいいです。九時でどうですか?」

「ああ、うん。…じゃあ九時に」

それが四、五日前の会話だった。

すっかり忘れていた。いや、朝、家を出る時には服装をどうしようかと考えたくらいだか
ら、徳永との約束はちゃんと覚えていたのだ。しかし終業前の市役所からの電話で操業停止
を口にされ、約束も何も吹っ飛んでしまった。

(くぅ…)

情けない。

昨夜《ゆうべ》、徳永との約束を思い出した弘は、それでもなんとかフォローを試みたのだ。時間は
まだ九時過ぎ、少し徳永を待たせてもこれから行けばなんとかなるんじゃないかと考えたか
ら。しかしそれには条件があった。

「前原、悪いけど本社までバイクで連れてってくれ」

文字通り両手を合わせてお願いしたのに、前原はフンッと鼻を鳴らして一言。

「お断りだ」

「え? だってさっき送ってやるって言ったじゃないか」

「送ってやれるのはおまえの家だけだ。どうしても徳永に会いたけりゃ、バスで行け」

「それじゃ遅すぎるよ」

「悪いが俺は本社がどこにあるか知らねぇんだ」

嘘《うそ》つけこの野郎！　とは思ったが、自分の失敗を前原にフォローさせるのはひどく考え違いな気もして、弘はもう一度時計を見た。そしてがっくりとドタキャンを決めた。

ダイヤルをプッシュする時の気の重さったら、電話に出た徳永が快くキャンセルを受け入れてくれ、どれだけ嬉《うれ》しかったかしれない。けれど、この次また会うとしても、弘はまだ旅行先の希望調査もしてないのだ。さっきの電話で「今まとめ中」と言ったのはもちろん大嘘である。正直に「忘れてました」とは、どうしても言えなくて。

（なんだってこんな時にふたつも重なるのかなぁ…）

手に持ったシャーペンで、レポート用紙に意味不明の線をグシャグシャと書き連ねた。

工場の命運をかけた市役所の立ち入り検査が一ヶ月後。それで慰安旅行も一ヶ月後。

万が一、工場が操業停止をくらえば慰安旅行も何もあったものではないのだから、排水問題が今の最優先課題なのは当然だけれど、慰安旅行も五年に一度の社内イベントなのだ。あとたった一ヶ月しかないのに、何も手をつけていないのは、それだけで気分が落ち着かない。

（いっそ旅行だけでも来年に延びないかな）——と、非常にネガティブな思いをレポート用紙にグシャグシャとぶつけていたら、どこから見ていたのか木崎が心配そうに声をかけてきた。

「徳永くん、怒ってたのかい？」

「え?」

ハタッと目が合って、慌てて首を振る。木崎には金曜の顚末《てんまつ》を報告してある。

「や、いえ、食事はまたの機会にしましょうって言ってくれました」

「ああそう。ならいいんだけど…。あのねぇ、なんだったら幹事代わろうか?」

「え?」

「私も考えなしに頼んじゃって悪かったと思ってね。阿久っちゃん、今は工場の排水で手一杯でしょう? 毎日残業ばかりだし、とりあえず今回は私が旅行の幹事を…」

「とんでもない! 部長はもう、六回も幹事をされてきたんじゃありませんか」

「うん。でも六回も七回も一緒だし」

「いえ、大丈夫です。やれます。徳永くんもいますから」

「…そうかい?」

本当に心配そうな木崎の表情に、自分がそこまで切羽詰まった顔をしていたのかと、弘は内心動揺した。背中にのしかかっている疲労感を無理矢理に振り払って、ニッコリ笑ってみせる。

「ありがとうございます。ご心配かけてすみません。とにかく、できるところからひとつずつ片づけていきます」

「そう…。無理だけはしないようにね。なんでも相談してくれていいからね」

「はい」

木崎が自分の仕事にもどったのにホッとして、弘は慌てて徳永が持って来た旅程プランを手に取ってみた。

徳永が「これのどちらかになると思います」と言っていた二行程は、ひとつは有名な観光旅館に宿泊する『温泉』ありの『宴会』ありのいかにもな慰安旅行で、もうひとつは最近話題の巨大テーマパークで一日を過ごすというものだった。

一泊二日ならふたつとも無難なコースだなとは思ったが、そのどちらかに工場の人間が全員参加するところを想像できなくて困る。『温泉&宴会』に、『遊園地遊び放題』とは、はっきりと年代の嗜好《しこう》の差が出そうなプランだったからだ。

（まぁ、そのために希望調査して多数決するんだものな。時間がないし、アンケート形式で各部署に回そうか）

一番意見が集めにくいのは、四直三交代制《よんちょくさんこうたい》の製造部だ。勤務のシフト柄、全員が一同に会することがない部署だから仕方ないが、それもアンケートとして現場の管理室に置いておけば、おそらく一日で製造部三組分の結果が出るだろうし、いま休み番に入っている部員には直接電話して訊けばいいだろう。

（あ、なんだか）

ちょっと気分が軽くなったかも。

停滞している仕事がとりあえず動きだして、弘は少しだけ息をついた。――が、アンケートの準備を始めようとした弘を引き止めるかのように、木崎のデスクの内線電話がピーッと鳴る。内線の相手に二言三言返事をして受話器を置いた木崎は弘をチラリと見た。

「今の工場長だったんだけど、例の会議、今日の昼一になったからって」

「え、今日ですか？」

「うん、意外と早かったね。うちと業務と、それから製造部の組長連中にまで緊急招集をかけたらしいよ」

「……そうですか」

木崎の言葉に弘の鳩尾《みぞおち》のあたりがキュッと緊張する。せっかく旅行アンケートを作ろうと浮上しかけていた気持ちが、見る間にシュルシュルとしぼんでいった。

はっきり言って、もう手につかない。

木崎が言った〝例の会議〟とは、弘が今朝方《けさ》、工場長の浦野《うらの》に開催を依頼したばかりのものなのだ。

けっして自信満々だというのではなく、ここ何日か悩んで悩んで、他《ほか》に方法がないから仕方ないという消極的な理由で提案せざるを得ない排水対策。弘はそれを工場の職員に説明し、どうしても協力を得なくてはならない立場に立たされていたのだ。

＊＊＊

会議で最初に怒りだしたのは製造部一組の組長、山川《やまかわ》だった。

「そんな途方もないこと、やれるわけないだろう！」

吐き捨てるように言って強く弘を睨《にら》みつける。休み番に入って家にいたところを無理矢理呼び出された山川は、製造部の中堅どころで四人の組長の中では一番のうるさ型だ。しかし、山川の横に並んでる組長連中の顔も皆険しかった。

無理もない。

弘が製造部の面々を前にして提案したのは、埋設配管の総掘り起こしだったからだ。

化学工場の配管というのは、基本的に水が流れる物と気体《ガス》が流れる物の二種類に分けられる。その中で土中に埋められている物を埋設配管と呼ぶ。

だが、土中に埋められているといっても一概に土を掘り起こせば出てくるというものではなくて、実際にはその上にアスファルトやコンクリートが敷かれているわけだから、「掘ってください」「はいわかりました」とは絶対にいかないものなのである。

それにとにかく長い。喜美津化学程度の小規模な工場でも、網の目のように延びた配管の総延長は途方もない長さになってしまう。だから、これを全部掘り起こすなんてことはとうていむ無茶な話なのだ。

だが、今の弘には他に手がなかった。会議室には部長の木崎もいたけれど、ただ横に黙って座っているだけで援護射撃を打つでもなく、結果、弘はひとり批難の矢面に立たされて頭を下げた。

「お願いします。総合排水の性状悪化はもともとの製造工程に問題があるのではなく、処理排水の中に処理前の汚水が混入しているためだと考えられるんです。配管の一部が腐食して穴があいたのかもしれません。その場所を特定して穴を塞《ふさ》がない限り、総合排水の改善は見込めないんです」

「汚水の混入？　その穴ってのはどこに開いてるんだ？」

「わかりません。疑わしい箇所から掘っていきます」

「あんた簡単に掘れ掘れって言うけど、それがどれだけ大変なことかわかってんのか？」

「わかってます。しかし…」

「軽々しく言うんじゃないよ!!」

山川は自分の前にある机の脚を思いきり蹴飛《けと》ばした。弘はグッと息を詰め、「しかし」ともう一度言葉を繋《つな》いだ。

「それしか方法が残っていないんです。土に埋まってない箇所で調べられる場所はすべて調べました」

「へっ、本当にそれしか残ってないのか？　ちゃんと調べたのかあんた？　穴を探すのに全部掘るってのは、たいがいバカでも思いつくテだろうが。手っ取り早く手間のかかる方法を選びやがって、もっと簡単にすむ方法を考えるのがあんたの仕事だろう」

揶揄《やゆ》する声音にズキッと弘の胸が痛む。そんなことは言われなくてもわかっている。わかっているからこそ、他に案はないかと何日も考え続けてきたのだ。

立ち入り検査が一ヶ月後でなければ、タイムリミットが迫ってなければ、もっと考え続けていたかった。

「…自分としては、できることは全部したつもりです」

「それで穴掘りしか残らなかったってことは、あんたは結局その程度の人間だってことだな。ちょっとは使える人間なのかと…」

「山さん、品証さんを責めたって排水は良くなりませんよ」

「！」

低いけれど響く声。前原だ。

組長の末席で腕を組んで座っていた前原が、おもむろに机に身を乗り出し、竹中《たけなか》を筆頭に並んでいる製造部のメンバーを見た。きつい視線はまるで全員を睨みつけるようだった。

「もともと排水の管理は製造部の仕事だったはずだ」

「なんだと？」

「製造現場で汚した水をきれいにして放流するのは製造部の仕事でしょう？　それがトラブッてることに対して製造部はどうするつもりなんですか？　今のところどう見ても品証さんしか働いてませんけど」

「どうするって……」

山川はチラリと部長の竹中を見た。竹中はムッツリと前を見たままだ。

「総合排水が悪くなってるってのは組長なら全員知ってます。けれど具体的に何かしようとした人間はひとりもいない」

「それはおまえだって同じだろう、前原」

「そうですよ。俺も含めて製造部はみんな、品証が調べてくれてるのをいいことに他人事《ひとごと》を決め込んでた。製造部だって独自に調査する必要があったんじゃないですか？　それなのに今さら品証さんの働きっぷりをどうこう言える立場なんですか」

「……」

「品証が穴掘りしかないってんなら、俺は掘ります。他にどうすればいいかわからないし、穴が見つかれば一気に片がつく。工場の埋設配管が無限にあるわけじゃなし、必ず終わる仕事でしょう。もっと早くに始めてりゃ、一ヶ月後の操業停止なんか心配せずにすんだかもしれませんよ」

同じ部署の人間として、また前原を知る人間として、さすがの山川も「わかったふうな口を利くな」とは怒れない。残った年上の組長連中もまだ納得はしていない様子だったが、文句を言う気もないらしく反論の声はあがらなかった。

それを目のはしで確認してから、前原は弘を見た。斜め向かいからの（話を進めろ）という視線に、弘は咄嗟に目を逸《そ》らし、思わず両手を握りしめた。

「意見がなければ明日の朝から作業を開始します。掘り始める場所は現場で説明しますので、組長の皆さんはそれぞれの部員に対してよろしくご指示ください」

弘自身が自分でもビックリするほど平淡な声だった。

それからしばらく、いつの間にかひとりきりになってしまった会議室で、弘はボンヤリと空《くう》を見つめていた。

いつかと同じ、またもや前原に口添えをしてもらって、それで不本意ながらも場の同意を得られたというのに、弘の気持ちは晴れるどころかむしろ重くなっていく。無茶な提案が通ったのだから、素直に喜んで仕事に熱を入れればいい。なのに、そう思うはしから自分の心が冷えていくのはどうしてなのだろう？

答えを探して思考は彷徨《さまよ》い、そうしてどれくらい経ったか――。

「あ、いたいた。阿久津くん、ちょっといいかな？」

「え？」

背後からの呼びかけに慌てて振り返ったら、ドアから顔をのぞかせていたのは工場長の浦野だ。ひとりションボリと会議室に残っていた姿をどう見たのか、浦野はニコニコ近寄って来ると、軽く弘の肩を叩《たた》いた。

「さっきはご苦労さん。製造部の連中も言葉は悪いけど悪気はないんだ、あまり気にしたらいけないよ」

「いえ、私も無茶なことを言いましたから」

「しかしそれしか方法がないんだから仕方ないでしょう」

「……」

さりげない工場長の一言に、胃のあたりが冷たくなる。

本当に他の方法はなかったのか？

自分の力が足らないだけではないのか？

山川に指摘されるまでもなく、今でもそんな自問がこみ上げてくるのだ。しかし弘の深い懊悩《おうのう》には気がつかない様子で、浦野は声を低めた。

「それで話は変わるけど、実は阿久津くんに頼みたいことがあるんだがね」

「え、私にですか？」

「うん。他でもない製造部の前原くんのことなんだ。君らはプライベートでも仲が良いようだけど？」

その台詞《せりふ》にドキリとする。

が、さすがに今は意気消沈しているので（どーしてそれを⁉）と驚く元気は出て来なかった。どうせ菊川（前原の部下）→滝田《たきた》（前原の部下・その二）→竹中（製造部長）→浦野のルートで自分と前原の〝仲良し説〟が伝わったのだろう。

弘は苦笑気味に頭を掻《か》いた。

「まぁ、前原さんとは普通に友達ですけれど。…彼が何か？」

「うん。君も仕事が忙しいところ誠に申し訳ないんだが、ぜひとも前原くんを説得してもらいたい。もう、私も竹中部長もまったく相手にしてもらえなくって弱ってしまってるんだ」

「…説得？」

不思議そうな顔をした弘に向かって、「それなんだが」と、浦野が話し始めた話の内容は、弘の思いも寄らないものだった。

「…大学卒業資格？」

「そう。メインは四年間の通信教育になるんだが、年に二十日《はつか》ばかり東京で実際に講習を受けてだね、最終的な試験で及第点を取ると大学を卒業したのと同じ資格が得られるというカリキュラムがあるんだ」

いわゆる『大検』の卒業版だろうか？

浦野が差し出したパンフレットをしげしげと眺めて、弘は（おや？）と首を傾《かし》げた。

「…これを前原さんにですか？」

「うん。なんとか受けさせたいんだが、なかなか首を縦に振らんのだよ。費用については合格することを前提に会社に全額負担させるつもりだし、後は前原くんがその気になってくれるだけなんだがね」

「でも…あの、これは経済学部になっていますが？」

「そうね。あと文学部もあったんだけど、前原くんの柄じゃないと思ってね」

いや、その前に。

「あの、これって文系ですよね…？」

「そうですよ？」

しばしふたりで見つめ合って、浦野は（ああ、そのことか）といった顔をした。

「今回のことはね、ただ純粋に前原くんに〝大卒〟になって欲しいだけなんだ。別に経済学の専門家になれって言ってるんじゃない。実際、大学なら学部はどこでもいいんだよ」

「大学ならどこでも？」

「まぁ、もとをただせばこれは前原くんの将来を考えての措置でね。ほら、うちでは昇進とか給与とかの面で大卒の方が格段に有利でしょう」

ほら、と言われても、そんな会社の人事事情は弘のまったくあずかり知らぬことだ。それどころか、工場長の言い方に弘はムッと眉《まゆ》をひそめた。

「…それは前原さんの学歴が問題だと？」

「う～ん。有り体に言えば、そうなるがねぇ…」

「ちょっと待ってください。確かに前原さんは高卒ですが、それを言うなら製造の竹中部長だってそうですし、うちの部長も工業高校の出身のはずです」

弘の声音にはありありと非難がこもっていた。確かに自分も浦野も大学出だが、喜美津化学の工場の職員は、そのほとんどが工業高校の卒業者で、皆それぞれに重要な役職に就いている。そして工場の操業にはなんの問題もない。それがなぜ今になって前原だけが学歴を問題視されなければならないのか？

会社側が費用を出すというのは殊勝な考え方だが、それにしたって、ただ大卒資格があればいいというのはあまりにも乱暴な物言いだ。しかも対象は経済学部、本当にお飾り以外の何物でもない。

弘は憮然《ぶぜん》とした表情でキッパリと言った。

「私としては、前原さんがその話を断るのも無理ないと思います。通信教育がメインとはいえ、カリキュラム内容は相当にハードです。しかも年間二十日間の講義に参加するために休日も減らさなくてはいけないんですよね？　すでにあれだけ実績を積んだ人間を捕まえて、そこまでして大卒資格を取らせる必要があるんですか？　高卒だというだけで、会社が彼の働きに見合った評価が下せないのはなぜなんですか？」

弘のきつい視線に晒《さら》され浦野はしばらく口を利かなかったが、「もちろん、それはよくわかっている」と言葉を繋いだ。

「私なりに前原くんの実力は認めているつもりだ。さっきの会議でも大局を見た発言ができたのは前原くんだけだった。彼は改善に労を惜しまない貴重な人材だし、人間としての魅力も十分にある」

「それなら、なぜ…」

「阿久津くん、ここから先は非常に言いにくいことなんだが、今回のことには君の存在が大きく影響しているんだ」

「え…？」

ドキン、と弘の胸が鳴った。

「大東亜有機のクレームに対する君の働きが本社側で大きく評価されてね。それは当然のことだからいっこうに構わないんだが、その後、やはり理系の大卒は使えるという雰囲気が本社内に生まれたんだよ。それで来年、製造部に理系大卒を採《と》る準備が始まったんだ」

「………」

「入って来ればもちろん幹部候補生になるだろうし、年齢的にいって前原くんとバッティングする可能性が非常に高い。今のままなら、いずれ前原くんの上に行くことになる」

「…そんな」

どうしてですか、という言葉は続かなかった。弘とて社会の仕組みはわかっている。

「だからね、たかが学歴だけのことで前原くんが不利にならないよう、今のうちに手を打ちたいんだ。理系文系といっても、うちの社内規定には学部の違いを昇進の判断材料にする項目はない。それに前原くんの昇進が問題になる頃には私が本社にもどっている。いざとなれば彼のためにいくらでも根回しする。だからこそ彼に大卒の資格を取って欲しい」

「——工場長、それを前原さんにおっしゃったんですか？」

弘の声は冷えていた。微《かす》かに震えてもいた。そんな弘の目の前で浦野は自嘲《じちょう》気味にため息をつき、それでも真っすぐ弘を見返した。その目には後ろめたいものは何もなかった。

「言ったよ。彼は建前の通用しない男だから、包み隠さず全部言った。そうしたら今の君のように嫌な顔をされてしまってね。——君らみたいな若い人には、こんな駆け引きめいたものは汚く見えるかもしれないが、ただ私も今まで無駄に年齢《とし》を重ねてきたわけじゃないんだ。いろんな経験をした。思うところもあった。だからこそ、今回のことが前原くんのためになると確信している。彼がこの先、工場で重要な地位に就くことが、ひいては喜美津化学発展のためでもある」

普段の様子からは想像もできないほど熱っぽく語って、それからフッと力を抜いた。

「阿久津くんにもいろいろ意見があるとは思うが、どうかここは私に協力して前原くんを説得してくれないだろうか。いや、前原くんとふたりで話し合ってくれるだけでもいい」

「工場長…」

「こみ入ったことを君に頼んで申し訳ないと思っているよ。ただもうあまり時間がなくてね。願書の締め切りが迫っているんだ。本社に無理矢理ねじ込んだ手前、このチャンスを逃したらもう次がないかもしれない」

「……いつですか？」

「え？」

「申し込みの締め切りはいつですか？」

「ああ、ちょうど一ヶ月後くらい…。確か慰安旅行が終わってすぐくらいじゃなかったかな」

（また一ヶ月…）

立ち入り検査も。

慰安旅行も。

そして前原のことも——。

弘はじっと自分の手元を見つめ、「話してみます」と小さく言った。

会議室から品証の事務室にもどるまで、弘の頭の中は前原のことばかりだった。さっき浦野は弘の顔を見て嫌がっていると言ったが、弘は浦野の話に嫌悪感を抱いていたのではない。ショックで血の気が引いていたのだ。

まさか自分のせいで前原の今後に悪影響が出るとは夢にも思わなかった。自分も前原もただ一生懸命働いているだけなのに、それがどうしてこんな結果を招いてしまうのか。

前原は浦野の言葉を聞いてどう感じただろう？

それを思うと背筋が寒くなる。こみ上げてくる焦燥感で息が苦しい。なんとしてでも前原を説得したい。

その時の弘は、ただただ一心に前原のことを考え続けていた。思いつめた顔をして。

＊＊＊

「家まで送って欲しいんだ」と頼んだら意外そうな顔が返って来た。場所は工場の駐輪場、時刻は夜の九時を回っている。

二番勤務を終えて帰ろうとしていた前原は、暗がりの中にたたずむ弘を見てしばらく黙ったままでいた。

「——まだいたのか？」

「君を待ってた」

残業が手につかず、弘は三十分も前に品証の事務所を出ている。灯《あか》りの消えた建家《たてや》を見て、前原は弘がもう帰ったと思っていたのだろう。

「ちょっと待ってろ」

数瞬の沈黙の後、そう言い残して製造の管理棟に向かった前原が手にして来たのは、仕事で使っているヘルメットだ。それを自らが被り、バイク用のを弘に手渡し、おもむろにバイクに跨《また》がった前原の背中が弘に乗れと命じる。ふたりを乗せたバイクは少しして工場を出た。

中型バイクのエンジンの微細な振動が、弘の身体を小刻みに揺らす。弘が前原の腰を抱くのは消火訓練の前夜以来だ。

あの日、工場の配排水系図が描き上がったからと言われて、夜遅く前原の部屋を訪ねた。それを見せたいと言った前原にも、見たいと思った自分にも嘘はなかったと思う。けれど、その夜の本当の目的は他にあった。

ひと月前、自分たちに起こった出来事を互いに確かめようとしたのだ。

確かめて。

朝まで溺《おぼ》れて。

「もう焦《じ》らさないくれ」と言われて「違う」と喘いだ。

焦らしてたんじゃない。どうしていいかわからなかっただけだ。前原の気持ちを拒めないのはわかっていたけれど、でも、どうしていいかわからなかった。

本当は今でも前原と身を重ねるための理由を探し続けている。見つからないまま快楽だけで関係を続けるのは、どうしても嫌だったから。

バスなら小一時間かかってしまう道のりをバイクはほんの二十分足らずで走りきり、郊外のニュータウンに入った。そこに建つ弘の家はごくごく普通の二階建てだった。

バイクを降りた前原は不思議そうに真っ暗な家を見上げる。

「…誰もいないのか？」

「親父《おやじ》たちは北海道だ」

「旅行か？」

「仕事だよ。転勤族なんだ。僕は高校からここで一人暮らししてる。丸々八年かな」

弘の言葉に前原がますます意外そうな顔をした。目の前の家はどう見ても家族向けの一戸建てだったからだろう。

「定年退職したらもどって来るんだろう？」

「う～ん、最初はその予定だったけど向こうが気に入っちゃったらしくて、もうもどって来ないかもしれないな。――前原？」

玄関ドアを開けて振り向いたら、前原はまだバイクの横に立っていた。

「どうかした？」

「上がっていいのか？」

言外に、家に入れればどうなるかわかっているのか？と訊いている。もちろん、どうなるかわかっていたけれど、弘は深く肯《うなず》いた。

「いいよ。…ちょっと話したいことがあるんだ」

「――で、話ってのは？」

「うん」

待ちきれないように先に話を振ってきたのは前原の方だった。ささやかな夕食の後にダイニングのテーブルで缶ビールをやりながら、弘は少しだけ言い澱《よど》む。

言葉を探して。

「…通信教育のこと、聞いたんだけど」

「通信教育？」

最初、わからない顔をした前原は、すぐにムッと眉を寄せた。

「誰にだ、工場長か？」

「うん」

「ったく、あのオッサンは…」

忌々しげなため息をつき、飲み干したビール缶をグシャリとつぶす。

「そんなもんやる気ないって言ったのに、ぜんっぜん他人《ひと》の話聞いてねぇな」

「本当に受ける気はないのか？」

「ねぇよ。何が嬉しくて経済の勉強なんかしなくちゃなんないんだ？　製図とか機械工学とかならまだしもよ」

「でも、それは…。適当なカリキュラムが経済学と文学しかなかったから仕方ないだろう」

「仕方ないんじゃなくて、要《い》らないんだ。——煙草《たばこ》いいか？」

「あ、うん」

立ち昇る紫煙の向こうに、イラついた前原の顔がある。灰皿代わりの小皿を差し出し、弘はおずおずと口を開いた。

「…資格は君のためになると思う」

「工場長もそう言った。でも俺のためになるかどうか決めるのは俺自身だ。別にそこまでして昇進したいわけじゃない」

「けれど、もし——」

大卒の人間が製造部に入って来たら、と言おうとして言葉が続かなかった。それは弘の中にある自分の学歴への抵抗感だ。工場長の浦野に、前原の件は「君に原因がある」と言われた時のショックが蘇ってきて、息が苦しくなる。

そんな弘の心情を見通したのか、前原は妙に労《いたわ》るような気配を見せた。

「来年、大卒を採るって聞いたのか？」

「…うん、まぁ」

「おまえが気にすることじゃねぇよ。俺は大卒と張り合う気はないんだ。会社が大卒を製造部に採るってんならそれでいいし、俺を追い越すんならそれでけっこうだ。工場長が何言ったか知らねぇけど、余計な世話焼きやがって」

「でも君のためを思ってる」

「それが余計だってんだ。だいたい、ポストのためだけに大卒資格を取るなんて、どっかおかしいだろう？」

「前原、確かに今回のことは駆け引きめいて汚く見えるかもしれないけど、工場長の職業人としての判断を尊重すべきだ」

「工場長の判断はともかく、大学ってのはそんないい加減なモノなのか？」

「え？」

「なんのための時間と金と勉強なんだ？　大卒資格ってのは、ただ昇進するためだけの許可証か？　おまえもそのつもりで大学を卒業したのか？」

挑むように聞かれて、とんでもないと首を振った。

「だろう？　好きで勉強して、それで喜美津に入ったんだろう？　それが本当なんじゃないのか？『ポストが欲しいばっかりに大卒資格を取りました。それも現場の人間なのに経済学部です』だなんて、誰に胸張って言えるんだ⁉」

語気も荒く吐き捨てる。グッと煙草を揉《も》み消す指先に前原の怒りがこめられていた。前原を怒らせたいわけじゃない、そう思って弘は焦った。

「違うんだ前原、ポストがどうのとかじゃなくて、君が製造部の要《かなめ》になることが工場長の…」

「だからおまえはどうなんだ？」

「え？」

「さっきから工場長、工場長ってそればっかりだが、おまえはどうして俺に資格を取らせたいんだ？　工場長と同じか？　なら、これ以上何を言っても無駄だからあきらめろ」

「！」

前原の言葉に、弘は自分でも信じられないほど胸を衝《つ》かれた。

自分の意見が工場長と同じかどうか？

わからない。

ただただ浦野の言い分が理にかなっていると思い、それを前原に納得させようとしただけだ。自分がどうして前原に資格を取らせたいのか、そんなこと考えもしなかった。だからわからないのだ。

ふいに背筋が寒くなる。もしかしたら、ただの負い目じゃないのか？　自分のせいで前原の将来に影が差すことが嫌だったんじゃないのか？　そう思ったら心底ゾッとした。

違う。

違うと信じたい。

でもどこにも自分の言葉がない。

そう感じた瞬間、弘の脳裏に今日の会議の様子が蘇ってきた。自分の言葉は一蹴《いっしゅう》され、結局、場を治めたのは前原の言葉で――。

「……」

息が止まる。

間違っている。――仕事でもプライベートでも、何か肝心なことを自分は間違っている。

そんな思いが弘の胸の中を埋めつくした。

肝心なこと？

「おい、そんな顔すんなよ。別におまえに怒ったわけじゃねぇって」

どこか遠い前原の声にボンヤリと目の焦点を合わせたら、少し気まずげな表情でこっちを見ていた。そんな顔ってどんな顔なんだろう？　と頬《ほお》に伸ばした手が前原に強く捉《とら》えられ、引かれ、浅く指先に口づけられた。

「こんな話、もうやめようぜ。…なぁ、おまえの部屋って二階か？」

「…え？」

「入れてくれるんだろう?」

「……」

指を噛《か》みながら誘われて、弘はボンヤリとしたまま肯いてしまった。

「…んぅ」

ベッドの上、昂奮《こうふん》した息遣いでのしかかって来た男の身体を全身で受け止める。深く唇を合わせて、ゆっくりと応えた。

煙草の苦みが口腔《こうこう》に広がる。

荒れた指が自分の衣服を剝《は》ぎ取っていくのに甘い切なさを覚えたけれど、まだどこか戸惑《とまど》ってしまう。

男同士でこんなこと——と。

「弘…」

「……あ」

首筋から鎖骨へ流れる唇の愛撫《あいぶ》は、熱い夜を始めようという前原の合図だ。そのむず痒《がゆ》いような感覚に、弘の腰がゾクゾクと反り返る。大きな手のひらで胸の粒をこねられ、やるせないため息が零《こぼ》れた。

「……ん…」

「あんま…根を詰めるな…」

(え?)と視線で聞きかえした。

「おまえ旅行の幹事もやってるんだろ? これ以上、仕事増やすくらいなら、もちっと俺を構ってくれよ」

「あ…でも…」

下肢を割ろうとする前原の膝頭《ひざがしら》がいやらしくて気が気ではない。脇《わき》を嬲《なぶ》る右手を今すぐにでも止めたかった。

「な、——もっと会えないか?」

「………ぁ」

弘は思わず目を閉じた。今だってこんな好きにされているのに、もっとだなんて、前原は自分をどうしたいのだ?

前原の吐息は鎖骨から胸、胸から腹へとゆっくり滑っていく。薄紅の痣《あざ》を転々と散らしながら、次には滾《たぎ》り始めた弘の下腹部に舌を伸ばした。

「!?」

男の意図に気づいた時には遅かった。凌辱《りょうじょく》者の強《こわ》い髪に指を絡める間もなく、弘の欲望は前原の口に含まれていた。

湿った熱が悦楽の芯をゾロリと擦《こす》る。

目の眩む快感。

「…っ！」

ザッと鳥肌が立って。

「…っ…っ…っ〜〜〜！」

舌が動くたび弘の身体が大きく震え、思わず下肢が緩んだ。白く柔らかな内腿《うちもも》に前原の浅黒い指が食い込んで、容赦なく両脚を割り開く。敏感な先端を吸いしゃぶる男の唇に弘は激しく身悶《みもだ》えた。

「ま…えはらっ、あ、…い、嫌…ぁ」

なんで君がこんなこと——。

責めたかったのに、一気に際まで追い上げられてしまった。露が滲《にじ》む場所を舌先で抉《こ》じられた瞬間、弘の身体が極限まで強ばる。

「くぅっ」

痙攣とともにドッと精を吐き出した。

なのに前原は口を離さなかった。自分のモノを前原に受け止められた恥ずかしさで、弘の声は震える。

「前原、…あ、ひ…どい」

「何言ってんだ、男のクセに」

意地悪い声が弘の股間《こかん》をなおも嬲る。力を失いかけた欲情の芽を、今度は根元から舐《な》め上げられた。

「…っ！」

「ここはまだ、いい感じじゃねぇか」

「や…、もぅ」

「馬鹿言え、これからだ」

前原の口に煽《あお》られて、弘の雄は再び熱を帯び始める。その、甘く切ないどうしようもなさに弘はクッと唇を噛んだ。

弘だって男だ、口淫《こういん》を知らないわけではない。でも夜の街で遊んだことのない彼には口での愛撫は未経験だったし、たとえ何度か身体を合わせた相手だとしても、まさか前原がそんなことをするなんて考えもしなかった。

（どうしよう、こんな…）

思い余って両手で顔を塞ぐ。そんな羞恥《しゅうち》をこらえる姿が、前原の嗜虐《しぎゃく》心を掻き立ててしまうとは、初《うぶ》な弘にわかろうはずもない。ますます執拗《しつよう》になっていく男の舌と指に身をよじって抗議しながら、しかし弘の吐き出す熱い喘ぎが、狭い部屋を妖《あや》しく湿らせ始めていた。

「……っ、…っ、…ぁ」

ベッドヘッドのライトが生む薄明かりの中、汗に濡《ぬ》れた弘の胸が忙《せわ》しなく上下する。前原が仕掛ける波のような愉悦の揺さぶりに、足の先まで感覚がなくなっていた。

耳に届く湿った音が前原の舌で嬲られている前の方から聞こえてくるのか、それともいつの間にか指二本を含ませられた後ろの方からなのか…。濡れた唇が零すのはひどく甘い吐息だ。

一度放ってしまったせいだろうか、官能がなかなか昇りきらない切なさに弘はどうにかなりそうだった。なのに、前原は弘の二度目を性急に求めようとはしない。真綿で締め上げるようにゆるゆると攻め続け、弘を思うさま乱れさせていく。

「あっ」と、弘の身体が痙攣した。

「ま…前原、も…っ」

許して欲しい、そう言おうとして言葉が続かず、すすり泣くように唇を震わせた。

「弘、…いいのか？」

声と同時に凌辱の指を引き抜かれる。

ひどい。

自分のすべてを開かせておいて、今さら「いいのか？」だなんて、ひどすぎる。

弘の目尻《めじり》から恨みに思う涙が零れた。身体を起こした前原をせめてもと睨みつければ、それが合図になったかのように、容赦なく熱い楔《くさび》を打ち込まれた。

「!!」

受け止めきれない熱と硬さで弘の膨張が精を飛沫《しぶ》く。吐精の快感に粟立《あわだ》つ上半身が妖しくくねって、前原の雄を煽り立てた。

「…っこのっ！」

ドッと容量を増す。

ビクビクッと応える。

「あ…っ、あ、あぁっ」

それまでの緩やかさが嘘のような激しい前原の腰に、弘の手が救いを求めて宙に伸びた。それを捕まえ指を絡ませ、前原は弘の両手をベッドに拘束する。痛いほどお互いの手を握りしめ合って、繋がった腰だけが淫蕩《いんとう》な押し引きを繰り返す深い情事にふたりは没頭した。

弘を翻弄《ほんろう》する前原の背中から、前原を扇情する弘の胸元から、汗が霧のように立ち昇り、切なげな呻《うめ》き声が弘の唇から零れ落ちていく。前原の硬い腹筋に擦られて、弘の欲望が再び熱を帯びだしていた。

「ひ…ろしっ」

「あ、あ、やっ…まえは…ぁっ」

クウッと弘の背が反り返った瞬間、前原の熱い欲望が弘の中へ吐き出された。

「…っ」

汗を散らして倒れ込んで来る男の身体を抱き止めながら、弘の気持ちは甘く疼《うず》く。

「なぁ、…も…っと…会ってくれ…よ」

耳元で喘ぐように口説《くど》かれて、切なくて肩で息をした。

「いい…だろ？」

「…んぅ」

情熱的に挑まれる口づけ。まだ前原を受け入れたままのそこが、ジンジンする。

「な？」

口づけの合間の囁きに、思わず肯きそうになる自分が怖い。これ以上前原に許したら、もう何もかもこの男の言いなりになってしまう気がする。

「弘」

「……あっ」

繋がった腰を甘く揺すられて、思わず顔を背けた。弘の下腹部は熱を帯びて震えていたけれど、このままそっと熱を引かせて欲しかった。三度目の吐精は拷問に等しい。

そんな、否とも応とも答えない弘をどう見たのか、前原は大きなため息をつくと弘から身を離してベッドに寝転がった。狭いセミダブルのベッドの上、互いの肩を寄せ合ってしばらくはセックスの余韻に身を任せていたけれど。

「おまえ、まだ仕事が気になるのか？」

呟くような声に、弘は前原の横顔を見た。前原は少し不満げに天井を見上げていた。

「現場のことは俺に任せとけばいいんだよ。今回の穴掘りだって、ちゃんと上手くやってやるから」

「…前原」

自分の沈黙の意味を勘違いしたらしい発言だったが、フォローしてくれようとする気持ちは素直に嬉しかった。本当に、前原に支えてもらわなければ今回の仕事はにっちもさっちも進まなくなるだろう。

毎日が忙しい。でも、もう少し時間を見つけて前原と過ごしたい。そんな気持ちが弘の中でこみ上げてきたその矢先、前原の口からさらなる言葉が吐き出された。

「だいたい、おまえなんだってあんな会議を開いたんだ？　先に俺に言っときゃ中途半端に恥かかずにすんだのによ」

「！」

一瞬にして身体が冷えるような言葉だった。

けれどそれは前原の正直な感想だったのだろう。前原の言う通り、今日の会議での弘は、肯定も否定も得られない〝半端〟な立場だった。——でも。

「これからは必ず俺に先に言え。製造には製造のやり方ってのがあるからよ、おまえが無理して説得する必要はないんだ」

「そんなこと、できない」

「え？」

「前原、どこの部署だって確かに流儀はある。でも、だからって互いのやり方を理解し合わなくていいわけないじゃないか。今日だって僕がちゃんと――」

　説明できれば良かったのだ。

　品証の考えを理路整然と説明したつもりだったけれど、結局、山川の理解を得られなかった。――どうして？

「あ!?」

　いきなり前原がのしかかって来て、弘は思わず息を呑《の》んだ。

「ま…、やめろっ」

「こんな時まで仕事のこと考えんなよ。いいじゃねぇか、穴掘り案は通ったんだから」

「良くなんかない。通したのは君だ」

「ああ？　誰が通したかってのがそんなに大事なのか？　手柄話じゃないんだぞ」

「わかってる。でも提案した以上、僕には責任がある」

「だから、その責任も全部引っくるめて俺が面倒見るから根を詰めるなって…」

「!?」

　それはつまり、自分にこの仕事は荷が重いということなのか!?

前原の言葉に深い意味はなかったのかもしれない、だが今日の会議の後の砂を噛むような空虚感が突然胸の中に蘇ってきて、口づけて来る前原の表情になぜだかカッとなった。

「嫌だ――離してくれ」

「え？」

「離せ！」

叫ぶなり、弘は前原の下から逃げ出そうと身をよじった。弘の豹変《ひょうへん》に驚いたのは前原だ。

「なっ、どうしたんだ？　おい!?」

「離してくれ。もうこんなことしたくない」

「えぇ？」

「君とはもう寝ない」

「――なんだと？」

まだ話の見えないらしい前原をきつく睨みつけ、弘ははっきりと言った。

「もう、君とは、寝たくない」

「………っ!!」

言葉の意味を解した瞬間、前原は唸《うな》り声をあげて弘をベッドへ押さえつけた。ガッと牙《きば》を剝《む》き吠《ほ》える。

「どういうつもりだ!?」

「つもりもへったくれもない、言った通りだ」

「理由はなんだ!?」

「君が男で、僕も男だからだ」

「おまえ……」

弘の言葉に絶句したのも一瞬。

「いまさら、またそんなこと言うつもりか!?　男同士の何がいけない!?」

そうだ。いつかの夜も前原にそう詰め寄られて、自分はまともに答えることができなかった。でも今は違う。易々と男に組み伏せられた自分が前原の目にどう映っているのか？　それを考えただけでどうにかなりそうだ。

「負けたくない」

「何？」

「僕は君に負けたくない」

「……な」

「だから、もうこんなことは嫌なんだ！」

「………っ」

反論されると思っていたのに、前原の口から言葉が消えた。

一分、二分、前原の指が痛いほど弘の肩に食い込んで、そうして互いに強く睨み合ってどれほど時間が過ぎた頃だろう、ふいに前原の口のはしに残酷な笑みが乗った。

「なぁ、…嫌がるのを無理にやったら強姦《ごうかん》なのか？」

冷淡な声音にハッと身体を強ばらせた弘の両手首を素早く押さえ込んで、前原は屈《かが》み込むように弘の胸に舌を伸ばす。

「前原っ」

プツッと立ち上がる煉瓦《れんが》色の粒に容赦なく噛みつかれ、弘の身体が大きく仰《の》け反《ぞ》った。唇が離れた後の無惨な歯形をネロリと舐められ、背がゾクゾクとわななく。

「やっ、嫌だ」

両脚はすでに前原の膝で押さえ込まれている。前原の瞑《くら》い情熱に弘は怯《おび》えた。

「なぁ、途中で気持ち良くなれば和姦か？　さっきみたいに、いい声で鳴いたら？」

低く囁きながら、前原は鼻先で弘の性感を嬲っていた。ああ、と声を漏らしそうになって、弘は唇を噛みしめる。

「鳴けよ。…それとも泣かせてやろうか？」

「っ！」

心では拒んでいた。でもそんな弘の気持ちとは裏腹に、前原の歯が鎖骨の上をゆっくりと滑るのを感じて、弘の身体が甘い匂いを放ち始める。

いけない、と眉を寄せたが遅かった。

はっ、はっ、と忙しなく喘ぐ。

強烈な快感に目尻が濡れる。

いつの間にか後ろ手に縛られていた。屈辱の姿勢を取らされてなお、際限なく与えられる悦楽に気が遠くなる。

「前原…っ、も、やめて…」

自分の身体を貪《むさぼ》り続ける男に懇願したのが、弘の意識に残る最後の言葉だった。

＊＊＊

翌朝、ベッドの上で目が覚めたら前原の姿はすでになかった。ズキリと痛んだ下肢に男の激情だけが残っていて、ひどくされたのか熱く抱かれたのか、昨夜の記憶を辿ろうとした弘は思わず首を振る。

――今はそれどころじゃない。

体奥の疼痛《とうつう》をこらえて工場へ出勤した弘は、朝一番に部長の木崎に頭を下げた。

「部長、申し訳ありませんでした」

「え？　あ？　どうしたの、いったい？」

いきなりな弘の態度に木崎はドギマギし、その向こうにいた江夏も目をパチクリさせている。

「すみません。慰安旅行の幹事の件、今の私には手に負えないのがわかりました。今回に限って部長にお願いさせてください。情けないことで本当に申し訳ありません」

木崎が代わろうかと言ってくれたのはつい昨日の話だ。その時はすぐさま固辞しておきながら、舌の根も乾かないうちにとはこのことだろう。

幹事を依頼された時に素直に断っておけば、せめて交代の申し出を受けていれば、こんな恥ずかしいことにはならなかった。しかし今日の弘はもっと恥をかく覚悟だ。今の自分には恥をかくことしかできないと、ようやく気がついたから。

「や、阿久津さん、幹事は俺がやるっスよ。もとはと言えば俺が…」

「江夏っちゃん、申し出はありがたいけれど、この先は江夏っちゃんにも幹事仕事している時間がなくなるんだ」

「へ？」

「製品の分析とは他に、汚水廃水の総分析が始まるから」

「…総分析…？」

小さく呟く江夏には、その大変さがまだピンと来ていない。弘は苦笑気味に木崎を見た。木崎はさすがにわかったらしく、いつも通りの笑顔で大きく肯いて。

「わかった。旅行の幹事は任せておきなさい。大丈夫だよ。阿久っちゃんは何も心配せずに仕事に精を出しなさいよ」

「部長、実はまだ行き先の希望調査も始めてないんです。いい加減なことをして本当にすみません」

「いやいや、そんなもん、私がすぐに片づけてあげるから。——それに謝るのはまだ早いよ。みんなが旅行に行けるかどうかは阿久っちゃんの肩にかかってるんだよ。謝るのは旅行がダメになったらでいいよ」

「え?」

「操業停止になったら旅行なんてしてられないものねぇ。排水問題の解決がイコール慰安旅行の実施決定だ。私からもお願いするよ。どうかみんなを慰安旅行に連れてってよ」

まるでプレッシャーをかけるような言い方だが、木崎の表情にはそんな雰囲気は微塵《みじん》もない。むしろ優しい笑顔で弘を激励している。

「それでダメなら、品証三人で土下座して謝ろう。謝るのは私も得意だ」

「部長、そんな…。それは私の責任ですから…」

「いいや、品証の責任だよ。——今さらだけどねぇ、喜美津に入って三十年以上、私は品証らしい仕事は何もしてこなかった。毎日毎日製品の分析ばかりで、品質を管理する者としての問題意識も何もなかったんだよ。今になってそのツケを阿久っちゃんひとりが払ってるんだ。私がもっとちゃんと働いていれば、製造部の連中に昨日みたいな文句を言わせなかったよ。そう思ったら、本当に阿久っちゃんに申し訳なくてねぇ…」

「………部長」

弘はどう返事を返そうか言葉に詰まった。あの会議の席、黙って横にいた木崎がそんなことを考えていたとは思ってもみなかったから。

「だからね。謝るのは私が先頭に立つから阿久っちゃんは仕事に精を出しなさい。ただひとつわかって欲しいんだけど、無駄に自分を責めることだけはしないでね。この工場で阿久っちゃんができないことは誰にもできないんだからね。私も工場長も君の判断を信じてる。君も私ら年寄りの判断を信じなさい」

「――…ありがとうございます」

淡々と語られる言葉の真摯《しんし》さに目頭が熱くなりそうで、弘は思わず目を伏せた。それは他愛のない励ましの言葉だったけれど、今の弘には何よりもありがたかった。

なぜなら、彼にはどうしても確固たる足場が必要だったから。足場がなければ、何を踏ん張りようもない。そしてその足場とは、上司や同僚の信頼なのだ。

「では、製造部に今日の作業を説明してきます」

「うん、行ってらっしゃい。営業の徳永くんには私から連絡しとくからね。江夏っちゃんも勉強がてら一緒に行っておいで」

「っス」

江夏とふたり肩を並べて製造現場に向かう時、今朝方まで感じていた重苦しい緊張は弘の身体の中からすっかりと消え去っていた。混沌《こんとん》とした状況は変わっていなかったけれど、それに向かおうとする気持ちが真っすぐになっている。現場の管理棟前でたむろっていた製造部員の面々が険悪な表情で自分を見た時でさえ、弘はもう怯まなかった。

「おはようございます」

「今頃のこのこ来るんじゃないよ。さっさと仕事の説明をしろい!」

最初に口を開いたのは一組組長の山川だ。昨日に引き続き、休み番に入っていたところを駆り出されて機嫌が悪い。通常業務に支障をきたさないよう、埋設配管の掘り出しは基本的に休み番の休日出勤と、三交代の早出・残業で行うことになっていた。

「すみません、遅くなりました」と軽く頭を下げた弘の目のはしに、腕組みをして自分を見つめている前原の姿が映る。二番勤務を三時間も早出している男の、その物言いたげな視線を弘は真っ向から見返して、それからおもむろに前へもどした。

怒ったままでいい、どうか自分を見ていて欲しい。自分には自分の責任の取り方がある。

――それがたとえ恥をかくことでも。

「これから本日の作業内容をご説明しますが、作業に移っていただく前に私の方から皆さんにお詫《わ》びすることがあります」

〝お詫び〟という言葉に衆目が集まったのを確認して、弘は背筋をしゃんと伸ばした。

「先日来、私はずっと排水の性状悪化の解消方法について検討を続けてきました。悪化の兆候は一ヶ月以上も前から始まっていて、けれど最初はすぐに改善されるだろうと思っていました。しかしそれが一過性の悪化ではなく、継続的に悪くなる種類のものだと気がついたのは三週間ほど前です」

その時点で弘はまず製造部に文書の形で一報を入れた。けれど、そのそれには〝今しばらく品証にて調査する〟という一文も加わっていた。

それから一週間ごとに週報として報告を続けたが、最後には必ず〝今しばらく品証にて調査する〟の一文が添えられていた。

「そもそも、それが間違いでした。早くから製造部の協力をあおいで対処していれば、今こんなに切羽詰まった状況にはならなかったように思います。どこかに過信がありました。自分でなんとかできるんじゃないかと最後まで考えていた。……今思えば、できないと言ってしまうことに私自身、抵抗があったのかもしれません。非常にくだらない自意識でした。反省してます」

言いながらに胸が痛む。言葉は何よりも心の中を明瞭《めいりよう》にする。自分ならできると思い込み、鬱々《うつうつ》と頭を悩ませて、自分ひとりで全部を引き受けていた。

「今は何より自分が情けない。――そのせいで皆さんに大変なご面倒をおかけすることになってしまいました。私が至らないばっかりに、本当に申し訳ありません！」

グッと弘が頭を下げたら、横にいる江夏も頭を下げた。しばらくシンとして、山川の咳払《せきばら》いが静寂を破って。

「あ…、まぁ、早く作業を始めようや。ぐずぐずして片づかないと、せっかくの慰安旅行が楽しくなくなっちゃうしよ。なぁ？」

まさか弘が最初から謝ってくるとは考えてもみず、大卒のインテリが偉そうに作業説明を始めたら文句のひとつでもたれてやろうと思っていたらしい山川も、思惑が完全に外れたのだろう。誠実に謝る人間を揶揄するような声はどこからもあがらず、弘はようやくホッと笑顔を見せた。

「ありがとうございます。配管の総点検は時間もかかって大変ですが、確実に排水悪化の原因を特定できる唯一の手法です。慰安旅行までにはなんとしてでも原因を突き止めて片づけてしまいましょう。皆さん、どうかよろしくお願いします」

もう一度弘が頭を下げたのが、喜美津化学総出の穴掘り月間の開始の合図だった。


タイムリミットは一ヶ月、作業の無駄をなくすため、排水悪化の原因箇所を最も効率的に絞り込まなくてはならない。そこで弘が最初に提案したのは、メイン配管の掘り出しだ。

製造工程中のいろんな場所から発生する汚水は、その都度適切な処理をされて処理水となる。そして毛細血管から太い血管へ血が流れ込むようにメイン配管に集まって来るから、その太い血管を頭から尻まで一定間隔毎に調べていけば、どこの毛細血管が悪いのか——つまり、どの配管の処理水が汚染されてメイン配管に流れ込んでいるかがわかるはず。

この論法に沿って、まず製造部が埋設部分を掘り出す↓メイン配管と特定の枝配管の合流箇所で配管に穴を開ける↓中を通っている処理水をサンプリングする↓それを品証が分析する——と作業を進めていき、処理水の性状が○ならその枝配管はシロ、×ならクロと判断するのだ。

——が、作業は思いのほか遅々として進まなかった。

メイン配管を掘り起こすのは創業以来、実に四十五年ぶりで、〝掘り出してみてビックリ〟という事態が多発してしまったのである。

「な〜んか、配管がボロッボロになってたらしいッスよ。今にも破れそうとか？　そうなると製造さんも放っておけないッスよね〜、次を掘らなきゃいけないのに、みんなで補修作業に入っちゃうんスよ」

「………」

弘とて化学工場の技術屋だ。次はいつ掘り出せるかわからない配管の補修をしたい製造部の気持ちは十分理解できたけれど、しかし、一週間で終えるはずの作業が十日も続くとさすがに心配になってくる。

今まで持ち込まれた処理水のサンプルはどれも性状が良く、汚染箇所が未だ特定できていないことも弘の焦りに拍車をかけていた。

その日も結局、十本入る予定の処理水サンプルが七本しか品証に持ち込まれなかった。思い余って現場へ足を運んだ弘は、配管の補修部品を手に急いでいる滝田を見つけてその後を追いかける。

新人研修を品証で受けた滝田は今でも弘を先生のように慕っているから、弘にとっては最も声をかけやすい製造部員だ。

「タキくん!」

「え? あぁ〜、阿久津さんお久しぶりです〜」

滝田は弘を見るなり、親犬を見つけた子犬のよう駆け寄って来た。彼の所属する前原組は、掘り出し作業開始時の二番勤務から三番、休み番と移り変わってきているので、勤務時間内にほとんど接触のなかった常勤の弘に「お久しぶりです」の言葉が出たらしい。

「せっかくの休みなのに、ごめんね」

「えぇ〜? そんなの全然平気ですよぅ。この作業がなくったって、どのみち菊川さんに消火訓練つき合わされる予定だったんです。こっちは休日出勤の手当が出るからすっごくお得なんですよぅ。それに今回の件がクリアできたら、会社からご褒美が出るらしいですよ」

「…ご褒美?」

「竹中部長が社長とかけ合って、慰安旅行の予算アップを約束させたそうです」

「あ…そうなんだ。で、あの、作業の進み具合はどう？」

「そりゃもう絶好調。配管の補修はバンバン進んでまぁす」

「………」

やはり目的がすり替わっている。

だがここで滝田に本来の目的を説明しても埒《らち》はあかないのだ。

「——えっと、前原さん来てる？」

「もっちろん来てますよ」

滝田の後をついて歩きながら、弘は鼓動が速くなるのをなんとかなだめようとした。あの男に会うのは自分の家に呼んで以来だ。果たして自分は前原の目を見て話せるだろうか——と無意識に唇を噛む。

もう身を任せられないと言い放った次の朝を最後に、前原の濃密な気配は弘の周りから完全に消え去ってしまった。時に工場でお互いを見かけても、進んで声をかけ合うこともなく、気まずい思いが積み重なるばかりで、それが寂しくないと言えば嘘になる。

自分に対する前原の特別な関心があの夜以来霧散してしまったと感じるのは、弘には正直辛い。だけど、快感を追うだけの関係は弘には耐えられなかった。

だって自分は男なのだ。熱く抱きしめられ「任せておけ」と囁かれて、前原の庇護《ひご》を受け入れるなんて、どう考えてもおかしい。

ふたり、いくらでも助け合っていいのだ。足らないところを補い合っていい。でも、同じ場所に並んで立ちたい。その先にこそ前原との交情の意味を見つけたい。

伝えたかった。

今ならスラスラと言葉になる自分の気持ちを前原に伝えたかった。あの夜の自分は混乱していて、ただ男に抱かれるのを嫌がっているようにしか前原には見えなかっただろうから。

「あ〜、組長あそこにいますよ」

ハッとして顔を上げたら、ひと際高く盛り土された横に、懐かしい男の背中が見えた。自分が描いた配管図を菊川に持たせ、補修と掘り出しの作業を指示しているようだった。

広い背中を見つめて、胸が締めつけられ苦しくなる。ますます速くなる鼓動をなだめながら、「もう一度話がしたい」と駆け寄ってしまいそうになるのを必死でこらえた。

先に弘に気がついたのは菊川だ。弘に向かって頭を下げ、それを見て振り返った前原の視線が真っ向から弘を捉えた。

思わず総毛立つ。

無理に笑顔になろうとして眉が寄る。

「あ…作業、お疲れ様」

「………」

日に焼け、汗と土にまみれた前原の顔からスッと表情が消えた。――かと思うと、次の瞬間には弘から目が逸らされた。

「キク、悪いが品証さんの話を聞いておいてくれ」

低く冷たい声に「え？」と耳を疑ったのは弘も菊川もだったに違いない。そんなふたりの目の前で、前原は滝田の手から補修部品を引ったくるように取り上げ、そのまま掘った穴の中に姿を消してしまった。

「………」

しばらくの間、声をあげる者はいなかった。弘と菊川と滝田と、三人が三人とも前原のことを考えて、最初に考えるのをやめたのがやはり菊川だ。

「あ～、すんません、なんの用ですか」

「………」

「阿久津さん？」

「え…？」

「あの、用件ですけど」

「用件？　あ、ああ…」

遅れ気味のサンプリングを急がせて欲しいと頼む言葉もどこか弱く、菊川がなんと言って答えたのか、事務室にもどった時の弘は思い出すことができなかった。

「………」

スクロールするPCモニタの中、これまでにせっせと打ち込んだ数値が矢のように流れていく。

それをボンヤリ見つめながら、ひどい疲れを感じて弘は思わず目を閉じた。

何をこんなに動揺しているんだろう？

前原が自分を厭《いと》うだろうことは十分わかっていたはずなのに、実際に冷たくされたとたん仕事が手につかなくなっている。

仕事でのことなら。

以前と同じようにつき合えるはず。

どこかでそう思い込んでいた。確かに理想を言えばそうだけれど、人間の感情はそんなに単純じゃない。自分だって感情を持て余し、前原を露骨に避けていたことがあったではないか。

なのに辛い。

だから情けない。

「阿久っちゃん？」

後ろから木崎に声をかけられても、弘は背を向け目を閉じたままだった。ひどく億劫《おっくう》で。

「阿久っちゃん、今いいかな?」

「…はい」

「ちょっと訊くんだけど、ジェットコースターとか好きだっけ?」

「は?」

(ジェットコースター?)

というと、あの上がったり下がったり宙返りしたりするヤツか?

自業自得な懊悩のせいで気分が上がったり下がったり宙返りしたりしているのに——と弘は苦笑した。

「…いえ、あまり好きってわけでは…」

「そうかそうか。うん、そんな感じだよねぇ。よし、阿久っちゃんは〝×〟と…」

何やらメモっている気配に、弘はようやく目を開いた。振り向いて見れば案の定、木崎は小さな手帳にボールペンをせっせと走らせている。

なんのことだろうと数瞬考えてから、弘は(ああ)と思い当たった。木崎に引き継いでからはすっかり他人事になってしまっていたけれど、遊園地といえば…。

「もしかして慰安旅行の話ですか?」

「うん、そうなんだよ。やっぱりバランス良くしなくっちゃね」

「…は? …バランス?」

「いいんだ、いいんだ、私に任せといて」

自信ありげに部屋を出て行く木崎の背中に、弘は（はて？）と首を傾げる。

（費用アップの話が出てたのに、まだコースが決まってないのかな…？）

旅行まで三週間を切っていて、そんな悠長なはずなかったけれど、ひどく疲れた弘はそれ以上思考が回らない。

作業が厳しいせいか、皆、意外なほど作業明けの旅行を楽しみにしているのは感じていた。

――が、実は幹事を任されてからの木崎が水を得た魚のようにはつらつと仕事をしていただなんて、排水問題に腐心する弘には知るよしもなかったのである。

「…？　…？」

その時、集中力の切れた弘の目を覚ますかのように、部屋の電話がけたたましい音を立て始めた。

「はい、喜美津化学株式会社です」

『もしもし？　市役所環境保全課の山根ですが、品証の阿久津さんをお願いします』

無愛想な声が耳に飛び込んで来たとたん、弘は（うっ）と息を呑む。ここで市役所の登場とは完全な不意打ちだ。

「…はい、私が阿久津です」

『ああ、どうも。その後の排水の様子はどうですか？』

「…はぁ、あの、改善のための作業は始めております」

『ほぉ、改善のための作業って、じゃあ今までは何やってたんですか？』

「や、いえ、もちろん今までもちゃんと…」

『あのですねぇ、おたくの工場が汚染物質をたれ流してるってわかってるんですか？　それって一種の違法行為なんですよ？　社会的責任とかの自覚がないんですか』

「もちろんあります。排水の改善は最優先事項として進めております」

『当たり前ですよ。それが企業の使命ですからね。しかしおたくは何か勘違いしてるようですねぇ。――工場が操業停止になりそうなんで一生懸命やられてるんじゃないんですか？その心配がなければ今でも排水悪化なんて放っておいたんでしょう。これまでのことを考えると、喜美津化学さんというのはそんなイメージの会社だなぁ』

「な…なんですって？」

思わず気色ばんだ弘を、山根の高圧的な声が押さえつける。

『とにかく、一刻も早い改善をお願いしますよ。立ち入り検査は三週間後、六月第三週の金曜日に実施します。それでアウトなら、翌日から操業停止処分への手続きに移りますからね。もし無理だったら、自主的に操業を停止してください』

ガシャン。

一方的に言って一方的に切る。あまりな言われようにカッとなった弘だが、まだ排水悪化の原因さえ突き止めていない現状では電話をかけ直して抗議するわけにはいかなかった。目が覚めた。

鬱々と前原の態度に動揺している場合ではなかった。

(くそっ!)

いきなり元気を取りもどした弘は、鼻息荒く手元のメモ帳に〝山根〟と書く。それから思い立って山根の似顔絵も添えてみる。そっちの方は〝丸描いてちょん〟のお粗末さだったが、意地悪げな眼鏡顔を描き上げモニタの横に貼《は》りつけると、おお、なんだかそこに本人が立っているようではないか!

ビタッと指差して。

「この意地悪オヤジ、今に見てろよ‼」

次に血祭りに上がったのは前原だ。

こっちはさすがに名前を添えず似顔絵だけ。〝山根〟の下に(えいっ!)と貼りつけたらなぜだか怒りが爆発した。

好きで拒絶したわけではない。

自分の言葉が足らないとわかっている。

それでも。

「セックスさせないからって職場であんな態度、大人げないと思わないのか⁉ 前原、君を見損なったぞ!!」

「え? 前原さんがどーかしたんスか?」

文字通り飛び上がって驚いた弘に、声をかけた江夏本人もビックリ仰天だ。

「ぎゃっ!」

「…あ、阿久津さん?」

「…っ、…っ、…っ」

パクパクパクと口は動くが声が出て来ない。ついでに息もしていなかったから、どんどん目が回って椅子《いす》から転げ落ちそうになる。

そんな弘の態度をどう見たのか、江夏はしばし無言のまま弘を観察して、その後おもむろに実験室を指差した。

「あの、製造が処理水サンプル持って来ました。今日の穴掘りはなんとかノルマいったみたいっス」

「あ…あ、あああ、じゃ、じゃあ分析始めようか!」

「っス」

アッサリ肯いたものの、訝《いぶか》しげな視線の江夏をごまかすのに、その後の弘はとても苦労してしまった。

もちろん自業自得だ。

＊＊＊

深夜の品証事務室、電気ポットから吐き出されたお湯がコポコポとカップ麺《めん》の容器に満たされていく。蓋《ふた》をして割り箸《ばし》を乗せて、弘はフーッとため息をついた。

「これは、いよいよいけない…」

目の前には前原が描き上げた配排水系図の中から特に排水系だけを抜粋した図面がデンと置かれている。作業開始から早や四週間、真ん中を通るメイン配管のラインには、すでにいくつもの×印が書き込まれていた。

青い×は性状クリアなもの、赤い×はアウトのもの。当然青いのが配管の上の部分に並んでいて、赤いのが下の部分に密集している。これだけデータが出ていながら、未だに弘が頭を抱えているのは、その青と赤の〝境目〟、つまり肝心の汚染源がまだ判明していないからだ。

時期的にタイムリミットまで一週間を切っていた。PCモニタの横に貼っつけた山根の落書きは、弘の怒りが蘇るたびにシャカシャカと線が描き加えられ、今や眼鏡をかけたヤマアラシのようになっている。その下の〝前原〟は——相変わらずお互いに口も利かなければ目も合わせない絶縁状態だったが——頭から花が五本も生えていた。

弘は図面上のメイン配管のうち、まだ掘っていない部分をじっと睨みつける。

〝境目〟がそこにあるのだ。

それがわかっているのに、手を出せないもどかしさ。いたずらに掘り残しているのではない。どうしても掘れない理由があったのだけれど、それさえも操業停止という一大事の前では吹き飛ばすしかない。

（ここが正念場だ）

強く強く睨みつけている間に、夜食のカップ麺はいつの間にかのびてしまった。


「反応釜《がま》の下ぁ？」

翌朝、工場長室のソファの上で、製造部長の竹中が（どうにも手に負えないぞ）と声をあげた。そこに集まっているメンバー全員、品証部長の木崎も、工場長の浦野も思わず声をなくす。ひとり弘だけが、図面を指し示しながら言葉を続けた。

「もうそこしか残ってません。部分的にも配管が一番複雑に入り組んでいるところで、腐食の可能性は極めて高いと思われます」

「しかし——どうやって掘るんだ？　反応釜は絶対に動かせんぞ」

「…そうですね」

竹中の切り返しに再びシンとする場を見て、弘は次の言葉を探しあぐねる。

反応釜、とは喜美津化学の主力製品である化学薬品を製造するための装置、いわば工場の肝になる設備のことだ。その下を掘るからといって、「はい、そうですか」と簡単に横にずらせるものではない。しかも反応釜は相当に重く、下を掘り進めるのもかなりの危険を伴う。そんな事情で最後まで掘れずにいた場所が、結局は諸悪の根源ということになってしまった。竹中は苦虫を噛みつぶしたような顔をして図面を睨みつけ、しばらくしてから「ちょっくら製造で相談させてくれ」とようやく言葉を絞り出した。

だが、どんなに相談しようとも、どのみち掘らねば前に進めない。

今までのような大穴を掘らずに、人ひとり通れる大きさのトンネルを掘って配管を確認することにした——と製造からの連絡が届いたのは、終業間近の頃だった。

「前原さんが番を外れて潜るようっス」

「——そう…」

江夏の台詞に肯き、弘は壁の向こうの製造現場を無意識に見つめた。

おそらくトンネルを掘るしかないだろうと考えていて、それなら潜るのは前原しかいないだろうとは思っていた。

あの複雑な配管を効率良く調べられるのは、配排水系を図面に起こせたあの男しかいない。誰に頼まれるまでもなく、竹中の相談に前原が真っ先に手を挙げたはずだ。

脳裏に浮かぶ前原の精悍《せいかん》な表情に胸が高なるのを感じて、弘は不謹慎な自分を叱《しか》った。

この数週間、穴掘りと配管補修にあけくれるばかりの辛い作業を、前原は文句も言わずに黙々と続けている。その働きに促されるように、最初はなかなか作業に熱の入らなかった他の製造部員たちも一生懸命穴を掘るようになった。

そんな状況を工場長に聞き、江夏に聞き、時には自分でそっとのぞきに行って、前原の頑張る姿を弘は自分の頑張りの糧にした。

これで良かったのかもしれない——。

PCモニタの横に貼りついている〝前原〟の頭に花を描き足すたび、スウッと怒りが冷えていく頭でそう思った。

たとえプライベートで仲違《なかたが》いしていても、自分が望む通りに仕事をこなしてくれるのは前原以外にいない。あの男はいつでも仕事ぶりで応えてくれる。自分も仕事でなら精一杯応えられる。

（これで良かったんだ）

胸の中ではっきりと言葉にして、弘は自分を納得させようとした。

前原と親しく口を利くことができず、その意外なほど人懐こい笑顔を間近に見られず、でも同じ職場で働いていけるならそれでいい。だから何度でも（これで良かった）と自分に言い聞かせよう。

互いの熱を混じらせ合った夜は、夢だったと思えばいい。

そうでなければ、いつまで経っても前原の背中を目で追ってしまいそうだ。

ふたり、ただの同僚にもどったのに。


その日以降、品証に持ち込まれる処理水サンプルの数は一日でひとつかふたつにまで激減した。それほど掘りにくい場所を掘っている。反応釜の下では、まるで考古学上の貴重な遺物を発掘するような丁寧さが要求されるのだ。配管の構造も複雑怪奇で、うっかりすれば同じ配管に何ヶ所も無駄な穴を開けかねない。

「配管の一本が完全に腐ってたらしいっス。今日はその補修でこれ以上掘れないって言ってました」

「土壌改良用の砕石が硬くてスコップがいかれたようっス」

「反応釜の下は熱が相当に溜《た》まってて、前原さんサウナに入ったみたいになってるって菊川が言ってたっス」

まめに現場へ様子を見に行く江夏が、作業の様子を事細かに報告してくれる。処理水の分析と解析しかできない自分がひどくもどかしく、いっそ穴掘りを手伝いたいと弘は思った。

――が、今は前原ひとりが穴へ入る作業なのだ。自分が行ってもギャラリーにしかならないのに、どうしてのこのこ顔を出せるだろう。

気がつけば、いつのまにかタイムリミットは明日に迫っていた。休みなく作業に没頭してきたけれど、ついに立ち入り検査には間に合わなかった。

このままでは皆が楽しみにしている慰安旅行も中止になるかもしれない。

「………っ」

それ見たことか、と鼻で嗤《わら》う山根の顔が目に浮かぶ。旅行中止にガッカリするみんなの顔もありありと…。

弘は口惜しさに眉を寄せた。疲れがドッと押し寄せるのを奥歯を嚙みしめてやりすごす。

たとえ操業停止になろうとも、今ここで投げてはダメだ。それは汗水たらして働いている前原への裏切りになるのだ。

自分にできること。

自分にできること。

自分にできること。

それをやるしかない。

弘は気を取り直して今日採取されたサンプルを手に取った。いつものようにポリ瓶のキャップをキュッとひねって、次の瞬間動きが止まる。

フッと鼻先に感じたのは…。

(アンモニア臭?)

慎重にポリ瓶の口に鼻を近づけ、手で仰ぐように臭《にお》いを嗅《か》いだら、うっすら甘くツンとするのは間違いなくアンモニア臭だ。

「……？」

おかしいな、と思った。工場の処理水には確かに微量のアンモニア成分を含む物もあったけれど、これはどうもポリ瓶自体に臭いが付着しているようだったから。

訝しさに首を捻《ひね》ったものの原因が思い当たらず、とりあえず分析にかけてみようと弘は測定器を立ち上げた。測定のための面倒な前処理を施し、サンプルを測定器にかけ、モニタに並び始めた汚濁成分濃度の波形と数値を確認してしばらく——。

「あ！」と声が出た。

わたわたと配管図を手に取り確認する。モニタと配管図、何度も何度も見比べる。いきなり鼓動が激しくなり、興奮で息があがって指の先が震えた。

見る。——今のデータを。

比べる。——ひとつ前のデータを。

「……出た…前原」

もう、その名前しか思い浮かばない。

ガタン！ と椅子を蹴り、部屋を飛び出そうとして江夏と思いきりぶつかった。

「阿久津さん⁉」

「ごめん！ 江夏っちゃん、ごめん‼」

謝りながらも現場へ向かって一目散に駆け出して行く。心臓が飛び出しそうだった。

終業時間をはるかに過ぎて、すっかり暗くなった屋外を走った。穴掘り作業は基本的に日中だけに限られていたが、ある程度の時間延長はあるということで現場に投光器が持ち込まれている。だから今、工場の中で一番明るい場所が弘の目指すところだ。

「あ、阿久津さぁん、お疲れ様です」

反応釜の前、掘り出された土を片づけていた滝田が先に声をあげ、横にいた菊川が(え?)と顔を上げた。

「タキくん、前原さんは!?」

「まだ掘ってます」

「そうか!」

滝田が指差した穴に向かって、弘は躊躇なく飛び込んだ。人ひとりがようやく通れるトンネルの中は、上にある反応釜が発する重低音の振動と湿った熱気が充《み》ち満ちて苦しい。でも、奥の小さな灯りの中で、屈み込むように土を掘る男の背中が目に飛び込んだ瞬間、弘の喜びが爆発した。

「前原!」

ハッと振り返り、驚いた顔で立ち上がる。その胸に思いきり飛びついた。いや、弘の方は飛びつくつもりはなかったのだが、配管に足を取られて前原の胸にダイビングする格好になったのだ。

「ちょっ、どうし…」

「前原、出た！〝境目〟が出たんだ！」

「あ？」

「見つかったんだよ、汚染源が！」

この一ヶ月、工場中を掘りかえして探し続けた汚染箇所を、たった今、ついに特定したのだ。

まるで宝物を見つけたよう。あまりの嬉しさに息も絶え絶えの弘の笑顔を、頼りないポータブル照明の灯りの下で前原は見ていた。ヘルメットの陰に隠れて、弘にはその表情が見えないが、自分たちが暗がりで抱き合っているのは弘にもわかる。

前原の腕の力に刹那《せつな》、ドキッとした。

「あ…前原…あの…」

「どこだ？」

「え？」

「どのサンプルがそうだったんだ？」

「え、あ、うん。今日のひとつ目のサンプルだからA系工程水の……うわっ!?」

いきなり頭を叩かれた、と思ったのはヘルメットを被《かぶ》らされたの間違いだった。狭いトンネルの中で目をシロクロさせる弘の横をすり抜けると、前原はそのまま弘の腕を取って歩きだす。

「ま、…まえは……って！」

前原はトンネルに突き出る配管をヒョイヒョイとよけて器用に進んで行く。——が、道に慣れない弘はあっちでゴン！　こっちでガン！　と義理堅く頭をぶつけてしまい、ようやく外に出られた時には足元がふらついてヘタンと座り込んでしまった。

「阿久津さん!?」

ビックリした表情で駆け寄って来たのは江夏だ。どうやら弘の後を追ってここまで来ていたらしい。

「大丈夫っスか!?」

「あ、うん。僕は大丈夫。それより江夏っちゃん、〝境目〟が見つかったよ」

「え？　本当っスか!?」

「うん。嬉しくて現場に来てしまった」

「なぁんだ…。阿久津さん血相を変えてたから、俺はてっきり前原さんと喧嘩《けんか》でもすんのかって…」

「え？」と聞きかえそうとした弘の目の前に、土で汚れた配管図が差し出される。持って来たのは当の前原だ。

「――で、出たのはどこのサンプルだ？」

「あ、ごめん。A系の…ここのやつだ」

弘が指差した部分を確認して、前原は「あの臭かったところか…」と小さく呟く。

「タキ！　配管材を持って来い!!」

「はぁい！」

「これから補修するのか？」

「補修じゃなくて交換だ。細くて短い配管だから穴を塞ぐより早い。まだ間に合う。――明日だったよな、立ち入り検査？」

「うん…。でも夜が明けてからの方がいいんじゃないか？　工程水を止めるのは大事《おおごと》だろう」

「いや、交換の間は中継タンクに溜めておくから大丈夫だ」

「溜めるって、タンク容量はもつのか？」

「ギリギリ一時間…かな。山さんが二番で入ってるから、管理室に行って止めるよう言って来てくれ」

「わかった」

弘は踵《きびす》を返すと大急ぎで管理室へ急いだ。どさくさに紛れた形とはいえ、前原と普通に話している自分がなんだか面映《おもはゆ》い。

（あぁもう、そんな場合じゃないって）

表情を引き締め直して管理室に入ると、一組組長の山川はのんびりプラント日誌を眺めているところだった。弘の話を聞き、最初こそ工程水を止めることの危険性を口にしたが、

「溜められるのは一時間だけだぞ」と釘《くぎ》を刺して作業を開始してくれる。

「しっかし、あの配管がいかれてたのか。……確かに細いもんなぁ」

「前原さんは丸々替えてしまうって言ってます」

「その方がいいだろう。アンモニアでやられてちゃ、どうせ補修はきかないよ」

（え？）

「あの、…工程水にはアンモニアが含まれるんですか？」

「ん〜？ ああ、含まれるってぇのか、流れてる途中でガスが発生するみたいなんだ。それも最後にはまた分解しちまうらしい」

「…発生して…分解…」

そんなことが細い配管の中で本当に起こるのか？ しかしサンプルのポリ瓶からは確かにアンモニア臭がした。――ということは、件の配管からは汚水だけでなくアンモニアガスも相当量漏れ出しているということになるはず。

そうだ。さっき前原も言っていた。あの臭かった場所……と。

ハッと顔を上げた。

待て。

アンモニアガスが漏れている——だと？

（しまった!!）

弘は弾《はじ》かれたように管理室から飛び出した。

（どうして気づかなかったんだ、馬鹿!!）

穴掘り現場へ向かいながら己を責める。

間に合ってくれ！　と何度も祈りながら狭い穴の中に飛び込み、声を限りに叫んだ。

「前原っ！　うかつに外すな!!　アンモニアが噴き出すぞ——!!!」

声と同時に、空間を粉砕する強烈な破裂音が響き渡り、トンネルの奥から一気に猛毒の風が噴き出して来た。

「うぁっ！」

踏ん張ろうとしても踏ん張りきれない。本能的な恐怖が弘の身体をトンネルの外へ運び出したが、激しい嘔吐《おうと》感に襲われて地面の上にもんどりうった。

「阿久津さんっ!?」

「うっ…く、…来るな！」

駆け寄ろうとした江夏たちを押しとどめ、弘は息も絶え絶えにトンネルを振りかえった。

シュウシュウと不気味な音を立てながらアンモニアを噴き出し始めた穴の奥には、まだあの男がいる。

（前原!!）

と、その瞬間、穴からものすごい勢いで前原が飛び出して来た。足下から崩れるように転げ込み、なんとか四つん這《ば》いで立とうとするが、それもすぐに崩れ落ちて、咳き込み、吐き、見るも無惨にのたうちまわった。

「組長っ!!」

「菊川くん、水だ！　前原さんに水をかけてくれ」

「はい！」

アンモニアは耳慣れた物質だが、高濃度下に晒されれば命を奪う猛毒となる。処置は一刻も早く水で洗い流すしかない。苦しむ前原を背中から羽交い締めると、激しいアンモニア臭で頭が割れそうになった。

「阿久津さん、どいてください！」

「僕も一緒でいい！」

「はい！」

水道ホースから吐き出された水がふたりの頭から降り注いだが、そのいかにも少ない水量に弘が焦りを感じた時、少し離れたところで江夏の叫び声がした。

「菊川さ～ん、これでいくっス！」

「よっしゃ！」

いきなり水が止まったのに（え？）と見やれば、菊川が走り去って行く背中と、その向こうに消火用の太いホースを抱えた江夏の姿が見えた。

（えぇ!?）

あれで水をかける気か!?

ちょっと待て——と、弘が思わず身を引きかけた瞬間、消火ホースの先から怒濤《どとう》の水が噴き出す。男の腕ほどもある水の束が弧を描いて弘たちを直撃し、押し倒した。

「うわっ!!」

離れて放水しているとはいえ、元はといえば火災消火用。強烈な水圧から前原を庇《かば》うために弘は歯を食いしばった。石礫《いしつぶて》のような水の塊が弘の全身を叩いていく。下にいる前原ともども、あっという間に水浸しだ。大量の水に晒され、際限なく続く鈍痛と冷たさの中で、弘の意識がゆっくり混濁し始めて…。

「——か？」

（え？）

「おい、大丈夫か」

「！」

ハッと気づくと、いつの間にか仰向《あおむ》けに倒れた自分の上から、前原がのぞき込んでいた。

一瞬、何が起こったかわからない。

「ま…前原…?」

「おう」

すでにアンモニアはきれいさっぱり洗い流されていた。苦しいながらも正気にもどったらしい前原は、滝のごとく降り注ぐ水を背中で弾きながら、弘の目を見てニヤリと笑った。そしておもむろに膝立ちになる。

「キクッ! もういい、水を止めろっ!」

「組長!」

「タキッ! 防毒服と防毒マスクを持ってこい!」

「はぁい!」

全身から水を滴らせて歩きだした前原の言葉に、しばし呆然《ぼうぜん》としていた弘もようやく我に返る。

「ちょっと待て、まだ潜る気か!?」

「すぐに交換しねぇとタンクが溢れる」

「そんな無茶だ。君はたった今、高濃度のアンモニアに曝露《ばくろ》したんだぞ!? 後で意識不明の昏睡《こんすい》が来たらどうする!」

「おまえの声が聞こえたから、そんなに吸ってねぇよ。大丈夫だ」

「大丈夫なんかじゃない!」

腕を引いて振り向かせた。あたりには誰もいない。用を言いつけられた滝田以外に、菊川たちはどこへ行ってしまったのか？

味方がいないのをもどかしく思いながら、弘は前原の目をすがるように見つめた。そんな弘を前原も見つめかえす。お互いにずぶ濡れの上、肩で息をしていた。

「頼む、誰か他の人間にさせてくれ」

「………」

「菊川くんではダメなのか？　山川さんならどうにかなるだろう!?」

「………」

「前原！」

うん、と言わない男の襟首を摑み上げたい。そんな気持ちで詰め寄れば、前原は苦笑で顔を歪《ゆが》める。

「………弘」

「なんだ」

「俺もいろいろ考えた――が、譲れないもんは譲れないし」

「え？」

「おまえの言ってることもわかる。俺の言葉も悪かった。けどやっぱ、あきらめきれねぇ」

「え、何？」

それは配管補修の話か？

どこかずれてないか？

「だからよ、これに関して俺は絶対に引かねぇから、――おまえが引け」

「前原？」

いったいなんの話を――と言いかけたとたん、弘は前原に強く抱きしめられ唇を奪われていた。

慰安旅行に連れてって！〈後編〉

阿久津弘《あくつひろし》は今まさに呆然《ぼうぜん》と前原健一郎《まえはらけんいちろう》に抱きしめられていた。いや、抱きしめられているどころかお互いの唇はしっかりと重なって、前原の舌が弘を深く犯している。

ここは職場で、ふたりともずぶ濡《ぬ》れで、そしていつ誰《だれ》が見るとも限らないシチュエーションで。——けれど弘はどうしても前原を押しかえすことができなかった。力強く熱を帯びた男の抱擁に、身体《からだ》が言うことを聞かないのだ。

いけない、——と思うはしから、重ねた唇の内で前原の言いなりになってしまう自分に戸惑《とまど》う。熱い男の舌に誘われるまま舌を絡ませたとたん、敏感な脇腹《わきばら》を鷲摑《わしづか》みにされて膝裏《ひざうら》が甘く痺《しび》れた。

「…んぅ」

弘は反射的に目を閉じた。

作業着ごと濡れそぼった互いの身体がやけにみだりがわしく、自分の脇腹を摑んでは撫《な》でさする荒っぽい愛撫《あいぶ》にどうしようもなく腰が揺れる。

唾液《だえき》が零《こぼ》れるほどの激しい口づけにじわじわと浸食されるのは、夢中になるまいとする弘の気持ちだ。もう二度と触れることはないと思っていた前原の唇だからこそ、その攻撃的な愛撫に弘の中の雄が激しく反応した。

不思議だ。

こんな時まで前原に負けたくないと思っている。

ろくな抵抗もせず、自分をなすがままにさせているというのに。

体奥からドッと溢《あふ》れ出すものの正体を見極めようとして、所在なさげだった弘の両手がゆっくりと前原の腕にかかった。肘《ひじ》から上腕、上腕から肩へと濡れた布越しに逞《たくま》しい筋肉を確かめていく間にも、自分の口を好きなだけまさぐる前原にやるせなさが募っていく。

ひと月ぶりの高揚。

口に広がる煙草《たばこ》の味。

盛り上がった両肩の硬さ。

そのどれもがたまらなく愛《いと》しくて、前原の太い首を抱きしめようとした次の瞬間、弘は乱暴に前原に引き剝《は》がされた。

「!?」

両肩を摑まれて目一杯の距離。突然の出来事に一瞬何が起こったのかわからず、潤む瞳《ひとみ》を前原に向けた弘は、その向こうから近づいて来る人の気配にハッと我に返った。

ここは職場で、ふたりともずぶ濡れで、そしていつ誰が見るとも限らないシチュエーションで——。

それを思い出し、慌てて身を離そうとした弘を引き止めたのは、彼を現実に引きもどした当の前原だった。あまつさえ弘の腰を抱こうとまでする。

「ま、前原…」

身をよじり、(もうこれ以上はダメだ)と目で訴えたら心底残念そうに笑う。

「――ったく、いいところで必ず邪魔が入りやがる」

耳をくすぐるような掠《かす》れた声音に、弘の身の内がゾクゾクッと疼《うず》いた。太い親指が未練がましく唇をなぞって、甘嚙《あまが》みしたい衝動を呼ぶ。

(何を馬鹿な…)

思わず唇を手の甲で塞《ふさ》いだ弘をどう見たのだろうか、前原はさりげない流し目をくれて踵《きびす》を返し、自分へ向かって駆けて来る集団の方へ歩きだした。集団の先頭は血相を変えた山川《やまかわ》だ。わらわらと続くのも製造部の面々で、菊川《きくかわ》の顔が見えるから、大切な組長の緊急事態を管理棟に知らせに走ったのは前原の一の子分らしい。

「前原っ、大丈夫か⁉」

「はい。ちょっとアンモニアを被《かぶ》っただけです。品証さんの指示でちゃんと洗い流しましたから」

前原の言葉に山川は大きく肯《うなず》いた。

「そうか。よし、じゃあ、とりあえずおまえは病院に行って来い」

「いや、まだ配管の交換がすんでません」

「配管？　そんなことは俺がやるって」

「外したのは俺です。俺がやるのが一番早いです」

「前原、おまえはアンモニアを被ってるんだぞ。これ以上の曝露《ばくろ》は労災のもとだ。病院で医者に診《み》てもらって来い」

「いえ、最後まで俺がやります。——やらせてください」

「前原っ」

山川の声が叱責《しっせき》に変わった。

〝労災〟とは、就労中の事故に起因する怪我《けが》のことで労働災害の略語だ。いくら大量の水で洗い流したといっても、化学薬品は遅効性できいてくることがあるから、山川の心配は当然のことだった。弘もほんの一、二分前まで山川とまったく同意見だったのだ。これ以上の作業は他《ほか》の者に代わってもらい、前原は即刻病院に行くべきだと——。しかし、大勢の製造部員に囲まれた前原の背中を見ているうち、弘の気持ちは劇的に変わり始めていた。

(絶対に自分でやろうとする)

弘がそう予想した通り、前原は筋の通った山川の説得を頑として受け入れようとはしなかった。今の前原は大卒資格用のカリキュラムを突っぱねた時と同じだ。意固地なまでの態度の裏には、あの男なりの固い信念があって、生半可なことでは揺らがない。

だが、それをこの状況で説明しようというのがどだい無理な話だった。あまりにも時間がなさすぎる。案の定、前原は山川を押しきろうとした。

「とにかく俺にやらせてください。タキ！　マスクと服は持って来たか⁉」

「はぁい！」

しかし、滝田《たきた》がかかえて走り寄ってきた防毒用の装備一式を、山川は憤然と取り上げた。

完全に業を煮やしたという顔つきで前原を睨《にら》みつける。

「馬鹿野郎っ、格好つけるんじゃない！　俺に尻《しり》ぬぐいをされるのがそんなに気に入らないのか⁉」

「山さん、違います。俺は…」

「違うもクソもあるか！　今の態度がいい証拠だろう。確かにここまでやって来たのはおまえだ。だがな、最後の締めを横取りされるのが口惜しいからって、それが命かけるほどのことか！　自分勝手にもほどがある。喜美津《きみつ》の製造はおまえしかいないわけじゃないんだぞ‼」

「――っ…」

グッと言葉に詰まり、前原は唇を嚙みしめた。叱《しか》り飛ばした山川だって、まさか前原がさもさいな手柄に固執する男だとは思っていないだろう。けれど今は前原を黙らせる方が先だと判断したのだ。

反論できずにいる後輩に向かって、山川は「早く病院に行って来い」ともう一度念を押した。そして自ら防毒服に腕を通し始める。決着がついたと判断した他の連中が、さわさわと落ち着かなくなりだした時、弘は意を決して一歩を踏み出した。

「待ってください」

「え？」

周囲の視線が一斉に弘に集中する。弘は製造部員の人垣をぬって輪の中心に進むと、前原の横で山川に対峙《たいじ》した。

「山川さん、配管の交換は前原さんにやってもらってください」

前原がピクリと反応し、山川はムッと眉《まゆ》を寄せた。

「品証さん、あんたさっきからの話を聞いてなかったのか？」

「いいえ、山川さんのおっしゃることはもっともだと思います。——しかし工程水を止めてからもう三十分近く経《た》ってます。中継タンクは一時間で一杯でしたよね？」

「それはそうだが……。……!? ちょっ…ちょっとあんた、何す…っうわ!?」

山川が驚いた声をあげたのは、弘が腕を伸ばして、いきなり山川の着ていた防毒服を脱がせにかかったからだ。予想外の動きに抵抗する間もなく、片腕を通しただけの防毒服は易々《やすやす》と弘の手に渡った。弘はそれをすぐさま前原に差し出す。

「前原、早く」

「…え？」

「時間がない。急いでくれ」

見交わした互いの瞳の中には、もはやさっきまでの甘い口づけの余韻はない。前原は瞬時に弘の意図を察すると、黙って防毒服を身につけ始めた。それを見て慌てた山川が何か言いたげに前原に近寄ろうとするのをさえぎったのは弘だ。前原は山川の方を見もしない。

「おまえら、いい加減にしろ！」

「山川さん、私の考えを聞いてください」

「私の考えぇ？　あんた何を悠長な…」

「悠長じゃありません。今は前原さんが行くのが最善の選択です。それが一番早くすむ」

「早かろうが遅かろうが、下にはまだアンモニアが残留しているだろうが！　危ないってわからないのか」

「アンモニアの発生は工程水を止めた時点で終わっているはずです。前原さんが配管を外した段階で配管内のアンモニアは一気に排出されましたから、いま穴の中に残っているのは低濃度のガスでしょう。防毒服を着ていれば作業は可能です」

一気にそこまで言って、弘は足下に落ちていた防毒マスクを拾い上げる。それは円筒形のフィルターふたつと幅広のゴーグルがセットになった形式で、とても快適な装着感は得られそうにない形状だった。

「防毒服も防毒マスクも作業性は非常に悪いんです。これを身につけたら、狭くて真っ暗な穴の中を交換箇所に辿《たど》り着くまでだって数分かかります。――たとえ位置を知っている前原さんでも、です」

こうしている間にも時間はどんどん過ぎていく。工程《ライン》水を一次的に貯留している中継タンクが溢れれば、喜美津はその時点で工程を停止しなくてはならない。それはそこにいる全員が知っていることだった。

「お願いです。ここは連繋《れんけい》を良くして作業にかかる時間を最短にする方法を選択させてください。それには山川さんが現場の指揮を執るしかありません」

「現場の指揮？」

「はい。穴に入った前原さんの命綱を握る人が必要です。中で異変が起こった時、前原さんを助け出す方法を知っているのは、この中では山川さんだけです。それに中継タンクの容量のことも――。時間をオーバーした場合に、どこがタンクの臨界点かわかるのは、やっぱり山川さんだけでしょう？　総合的な判断を下せる人間が穴に潜って配管交換に行くべきではありません。残りの三十分、喜美津の製造部が総力で危機回避を図るのなら、山川さんが指揮を執るのがベストです」

それは前原を庇《かば》うための詭弁《きべん》ではなかった。弘は自分の言い分が正しいと確信していた。だからこそ、ムッと言葉をなくした山川に詰め寄って決断を迫ることができる。

「山川さん、お願いします」

防毒服を着終えた前原が弘の手からマスクを取り、「山さん、行きます」と声をかけたとたん、山川がグシャグシャと頭を掻《か》く。

「…ったく、もう、無茶ばっかり言いやがって！　おい、誰かマイカロープを持って来い！　一巻《いっかん》全部だぞ!!」

山川の声に弾《はじ》かれたように、人垣のひとりが走りだした。

「前原、マイカを腰に繋《つな》げとけ。品証さんが言うように文字通りの命綱だ。先は俺が握っとくから、何かあったら必ず二度引くんだぞ。いいか、思いっきりな」

「はい、わかりました。意地張ってすんません。――キクッ！　替えの配管は!?」

「ここにあります！」

「予備の配管も一本用意しとけ！」

「はい!!」

菊川の返事を皮切りに、いきなり人垣がワッと崩れ、自分の仕事を探そうと製造部員が右に左に動き始めた。前原に言いつけられて配管交換のフォローに入る者と、山川の指示で中継タンクを監視に行く者。ほぼふたつのグループに分かれた面々が、ひどく緊張した面持ちで作業に取りかかる。

残すところは、あと二十分強。それが配管を交換するために十分なのか不十分なのか、その場に立ちつくす弘にはわからない。

人の動きの中で唯一、新人の滝田が困った顔で立往生しているのを見て、弘は他の部員の邪魔にならないよう、その腕を引いた。

「タキくん、頼みがあるんだ」

「はい？」

「君、携帯電話持ってる？」

「え？　あ、持ってます。今はロッカーの中ですけど」

「うん、そうしたらね。それを取って来て山川さんの側《そば》にいて欲しいんだ」

「山川さんですか？」

「うん。中に入った前原さんに何かあった時にすぐ救急車を呼べるよう待機しておいて。それでもし前原さんが問題なく無事に出て来たら、たとえ身体の調子がおかしくなくても必ず病院に行くように言っておいて」

「あ～、はい。わかりましたぁ」

元気良く管理棟へ走りだす滝田にホッとする。もうこれ以上現場で自分が役立てることはないのだ。弘は前原が穴に消えていくのを見送ってから、そっと現場を離れた。

製造の前原と同じように、品証の自分にもしなければならないことがあった。その思いを胸に足早に品証の実験室へもどろうとして、弘は後ろからの呼びかけに（え？）と振り向いた。暗闇《くらやみ》の中、事務棟の方から現れたのは、しばらく姿を見なかった江夏《えなつ》だった。

「あ、江夏《えな》っちゃん」

「あっち終わったっスか？」

「え？　いや、現場はこれからだけど……」

今までどこに？――と訊《き》きかけて、江夏の手にあるのが自分の作業着一式だと気がつく。江夏も察し良く、それを「はい」と差し出した。

「早く着替えてください」

「わざわざ取って来てくれたの？」

「っス！　今、現場の風呂《ふろ》に湯を張ってますから。――あ、ちゃんと掃除もしたっスから」

では江夏はずぶ濡れになった自分のために現場の裏を走り回っていたのか。

アンモニアの曝露事故からはわずかな時間だと思っていたけれど、江夏も菊川と負けないくらい的確に動いていたのだと感じて、弘は素直に着替えを受け取った。

「じゃちょっと着替えて来るから、その間の総合排水のサンプリングを頼めるかな？」

「総合排水っスか？」

「うん。工程水が止まったから総合排水の性状は徐々に良くなってきてるはずなんだ。たとえ明日の立ち入り検査でアウトが出ても、性状が良くなる過程だと立証できれば操業停止は阻止できると思う。僕もすぐに行くから、十分おきに頼むよ」

「っス！　わかったっス！　じゃ…」

「あ、ちょっと待って！」

「へ？」

「江夏っちゃん、さっきはありがとう」

「えぇ？」

「消火用水だよ。一気に毒物を洗い流すにはいい判断だった」

消火目的の強烈な水流に気が遠くなった弘だったけれど、あっという間にアンモニアが洗浄されたおかげで前原のダメージは最小限ですんだ。菊川が用意した水道用のホースだけでは遅々としてアンモニアを洗い流せず、結果的に中毒問題が残っただろう。

弘の褒め言葉に江夏は「あ――」と一瞬照れくさそうな顔をして、それからエヘンと咳払《せきばら》いした。

「あれは阿久津さんの真似《まね》しただけっス」

「え？　僕の？」

意外な言葉に聞きかえしたら、江夏は（うんうん）と大きく肯いた。

「っス。前に俺が左手に硫酸を引っかけた時、阿久津さん水道を目一杯捻《ひね》って十五分以上流させたっス。俺もう、手はジンジンするし、冷えてトイレには行きたいしで半ベソだったっスけど、化学薬品は後が怖いから絶対にダメだって阿久津さん言ったっスよね？　俺、あれ思い出して、片手で水道目一杯なら、身体全体だったら消火ホースかなぁって」

「あ…」

何気ない江夏の言葉に弘は胸を衝かれた。何が自分の琴線に触れたのか、その時はまだわからない。

「阿久津さん？」

「………」

「阿久津…さん？」

「え？…ああ、ごめんごめん。……そんなことあったっけね」

「っス」

江夏が言った硫酸のことは弘もなんとなく覚えていた。一年以上前だったと思うが、江夏は自分のしたことをちゃんと見て、しっかり身に取り込んでいたのだ。弘にしてみれば何気ない職場のひとコマにしかすぎなかったのだけれど――。

（あ）と目を瞬《しばたた》く。

その瞬間、弘は自分の目の前がサァッと明るくなるのを感じた。

――そうか。

――そういうことなのか。

さっき、何にハッとしたのかようやくわかった。わかったとたん、手のひらが汗ばみ、胸がドキドキし始める。そして無意識の言葉が弘の唇から零れ出した。

「ありがとう、江夏っちゃん」

「え？」

「ようやくわかった」

「えぇ？　わかったって、何がっスか？」

「ううん、いいんだ、個人的なことだから。——それじゃあ、サンプリング始めてて」

「阿久津さん？」

怪訝《けげん》そうな顔をした江夏をその場に残し、弘はひとり風呂場に急ぎながら、現場へ走って行きたくなる衝動をかろうじて抑え込んだ。

前原に会いたい。——今すぐに会いたいのだ。会って、さっき江夏から教えてもらったことを、そのままあの男に伝えたい。

伝えればきっと——。

(前原)

弘の表情が苦笑に歪《ゆが》む。

あの男に会いたいと思う時、どうしていつも会えない状況にいるのだろう？　前は自分が出張中だった。今は前原が動けない。会えない理由を百も承知で会いたいと思うから、胸がこんなに熱くなるんだろうか。

弘は深呼吸して逸《はや》る自分をなだめた。

大丈夫、前原には後でまたすぐに会える。だから今は落ち着くんだ。立ち入り検査が終われば、いくらでも会える。そうしたら、見つけた〝言葉〟を告げることができる。

（もう少しだ。頑張れ）

その時の弘は、本気でそう思っていたのだけれど。

＊＊＊

「阿久っちゃ〜ん、始業時間だよ〜」

「……は？」

お気楽な声にガバッと頭を上げたら、首がグキッと鳴った。

「うっ…」と思わず首に手をやって、弘はゆっくりと身を起こす。まだボンヤリとした視線の先は慣れ親しんだ品証の事務室だ。肩にかけられていたらしい作業着がパサリと床に落ちて、それで自分がデスクに突っ伏して寝ていたのに気がついた。

（いったい何が？）とボーッと考え、（そういえば…）と思い出した。江夏とふたりで総合排水の排出口に陣取り、朝まで膨大な数のサンプルを採取したのだった。

その間、交代で実験室にもどっては分析の前準備をしていたけれど、このところの酷使のせいか分析装置の具合が悪くて、それを調整するために装置の分厚いマニュアルまで持ち出した。——で、くどい説明文を目で追っているうち、いつの間にか寝てしまったのだろう。

（ん？　寝たって…）

「じゃあ分析はどうなったんだ？」

と、独りごちたら間髪入れず、

「江夏っちゃんがやってるよ」

「⁉」

いきなりの返事にギョッと振り向けば、部長の木崎《きざき》が弘の落とした作業着を手にニコニコしているではないか。さっきのお気楽な声の主は彼だったのだ。

「ぶ…部長っ、おはようございます」

「おはよう。阿久っちゃん、江夏っちゃんから聞いたよ～。汚染源が見つかって補修ができたんだってね。総合排水も性状が回復し始めたそうじゃない」

「…あ、そうなんですか」

「はははは、何を他人事みたいに言ってるの」

それはそうだが、思いきり寝てたのでピンと来ない。気味悪いぐらい上機嫌の木崎から作業着を受け取って、そそくさと実験室に移動した弘は、その奥で江夏が忙しそうに分析している姿を見たとたん申し訳ない気持ちで一杯になってしまった。四歳年下の同僚はおそらく徹夜だ。

「江夏っちゃん」

「あ、おはようございまっス」

「ごめん。うっかり寝てしまって…」

「いいんスよ。阿久津さんは連日の残業でへとへとだったじゃないっスか。分析なんか俺で十分ス」

「でも…あの、液クロは動くようになったの？」

「っス。前原さんが直してくれたっス」

「え…」

その名前にドキッとした。

「ま…えはらさんが来たんだ？」

「っス。二時間ほど前っス。それで俺が液クロのこと話したら直してくれたっス。原因はこのモーターベルトの緩みでした」

江夏が装置の裏を指差して教えてくれるけれど、弘の耳には入らない。

「あの…、前原さん、どうした？」

「とりあえず病院に行くって言ってました。そのことを阿久津さんに伝えておいて欲しいって」

では、滝田がちゃんと伝言してくれたのか。前原が病院に行ったということは、イコール配管交換が無事にすんだということ。ギリギリだったけれど何もかも良い方向へ動きだしたのだ。

(…良かった)

安堵《あんど》で思わず胸が熱くなる。

そんな弘の手元の作業着を見て、江夏は(ああ)といった表情をした。

「それも前原さんがかけてくれたっスよ」

「え?」

「寝ると体温が下がるからって」

弘は咄嗟《とっさ》に作業着を見た。自分の物だとばかり思い込んでいたけれど、よくよく見れば確かにひと回り大きいし、何より左胸に縫い取られているネームは『前原』。

(……あ?)

デスクで寝てしまった自分に誰かが作業着を被せてくれる。——いつかどこかで、これと似たような場面がなかったか?

いきなりの既視感に弘の指先がピクッと反応する。だがそれも一瞬。

「江夏っちゃん、今サンプリングは誰がやってるの?」

「総合排水のっスね? 製造の一番の連中に頼んでます」

「そうか、ありがとう。じゃ、これまでに出ているデータを見せてくれるかな？」

「っス」

江夏が意気揚々と差し出した連票形式のデータ用紙には、膨大な数字が並んでいた。素早く目を滑らせ、弘は肯く。

「だんだん良くなってるね」

「っス。まだ基準値はオーバーですけど」

「うん。発生源を止めても配管内の汚染が残ってるから、裏が表に返るようにはいかないよ。でもそれは時間が経てばきれいになるはずだ。面倒だけどサンプリングだけは続けるように言っておいて」

「っス」

それから弘は事務室にもどり、データの整理に取りかかった。データに説得力を持たせるためには、そのデータがいつ、いかなる状況で採取されたかをちゃんと説明しなくてはならない。今回の汚染がなぜ発生し、喜美津が汚染回避のためにどう対処し、その結果どうなったか。あの失礼千万なお役人に納得させ、「良くわかりました」と言わせるのだ。今ならその自信がある。

前原の作業着を自分の椅子《いす》の背もたれにかけた時、弘は一瞬だけあの精悍《せいかん》な面影を目の裏に追った。会いに来てくれたのに、会いたかったのに、どうして居眠りなんか…。

クッと唇を嚙む。

前原との接触が皆無に近かった一ヶ月間の反動が、これほど切ない思いとなって自分の身に降りかかって来るとは思わなかった。目を見て話し、強く抱きしめられ、深く口づけをして。いまさらながら、どうして我慢できると思ったのだろう？

自分はこんなに前原を欲しがっているのに。

（もう少しだ。頑張れ）

弘は大きく深呼吸して、自分を励ますようにPCを立ち上げた。

喜美津化学、運命の立ち入り検査は、その日の午後一番から始まった。今や弘の個人的仇敵《きゅうてき》となった市役所環境保全課の山根《やまね》は、相変わらずの四角四面な表情で弘の説明を聞きつつ工場中を見て歩く。

現場には配管を掘りかえした名残《なごり》がまだところどころ残っていたけれど、かえってそれが今回のデータの説得力を増すことになったはずだと弘は確信した。

「——配管の腐食による汚水の混入ですか」

「はい。お恥ずかしい話ですが、弊社は創業以来埋設配管のメンテをほとんど行っておりませんで、至るところボロボロ状態でした」

「ボロボロねぇ」

「この一ヶ月で大半の配管補修を終えております。今後は定期的にメンテを行って、二度と今回のようなことを起こさないよう、全社を挙げて努めます」

「そうあって欲しいものですな」

熱のこもらない声で返事をしながらも、総合排水をサンプリングに行く途中に山根が立ち止まってしげしげと観察するのは、喜美津の廃水処理設備の肝の部分ばかりだ。

（この人は良く知ってるんだな…）

もう何度も会って話をしていたけれど、今日、初めて弘は山根というお役人の本質を見た気がした。ただネチネチと嫌みを言っているのではない。化学工場の内情を良く知った上で、痛いところを突いて来るタイプだったのだ。もっとも、それだからこそごまかしがきかずに怖い相手ともいえるのだが——。

総合排水の排出口には江夏が待っていた。経時変化調査としてまだ延々とサンプリングを続けているため、二十本近いサンプル瓶がその周囲にきれいに並べられている。

「ども、お疲れ様でっス」

山根は自分に向かって頭を下げる江夏に公定分析用のサンプリングを依頼すると、ズラッと並んだサンプル瓶を興味深く眺めた。

「ずいぶんな数ですな。これを全部測定する予定ですか？」

「はい。性状は徐々に改善されています。ほぼ以前と同じ水準にまでもどりましたが、それが安定するかどうかの確認を今夕まで行う予定です」

「まぁ、それがデータとしては妥当でしょうねぇ。――で、ここまでの数値は当然見せてもらえるんでしょうね？」

「もちろんです。品証の事務室の方へお願いします。――江夏っちゃん、後を頼んだよ」

「っス！」

徹夜明けだというのにやけに元気な江夏の笑顔に見送られて、弘と山根は現場を離れた。

品証の事務室にもどり、まず最初に弘は昼前までのデータを数値にして山根に説明した。さらにわかりやすいようにとグラフ化したものを自分のPCモニタの中に映し出して見せる。そこでは『総合排水中の汚染物質』と銘打たれた曲線がきれいな下方へのカーブを描いて、性状改善の様子を明瞭《めいりょう》に表していた。山根は何度かカーブを指でなぞって、それから（ふむ）っと顎《あご》を撫でた。

「昼前に基準値をクリアしたんですね」

「はい。おかげ様で」

「おかげ様ってことはないでしょう。全部おたくらが頑張った結果なんでしょうから」

つっけんどんな言い方だったが、山根は喜美津の努力をちゃんと認めている。それを素直に感じることができて、弘は笑顔になった。

「ありがとうございます」

「だからお礼なんて無用ですよ。——おや、この雲丹《うに》は〝山根〟っていう名前ですか？」

「は？」

（ウニ？）

「しかも眼鏡《めがね》をかけている。珍しいですなぁ」

「え、…眼鏡？」

一瞬、山根が何を言いだしたのかわからなかった。山根はPCモニタの下を見ている。

（ウニって雲丹か？　寿司《すし》ネタの？）

総合排水の話がどうしていきなり寿司ネタの話になるんだ？　と、目を三角にして山根の視線を追った弘は、そこに恐ろしい物を見つけて総毛立った。

例のあれだ。

心ひそかな弘のストレス解消アイテム。

あまりにも線を書き加えすぎて原型をほとんど残していない——確かに眼鏡をかけた雲丹にも見える——山根の似顔絵メモである。

（う、ぎゃあ～～～～～～～っ!!!）

弘は両手バンザイで悲鳴をあげた。もちろん心の中でだが、頭は完全無欠に真っ白状態。

PCモニタの横に貼《は》っていた物が、いつの間にか下に落ちていたのだ。でなければいくら

山根
!!

なんでも山根に見せる前に気がついたはず。

「——これって、おたくが描かれたの？」

山根の平淡な声が微妙に怖い。怖くて怖くて、よせばいいのに（ごまかさなくては！）と、咄嗟に思った。雲丹には〝山根〟の名前が冠され、しかも稚拙とはいえ眼鏡までかけている。誰が見ても『雲丹』イコール『山根』なのに、それをごまかせると考える方がおかしいが、パニクった弘からは冷静な判断というやつが吹っ飛んでいた。

ワヤクチャになった頭の中で「確かに私が描きましたが、それは雲丹じゃなくてヤマアラシです」とシミュレートして、〝山根〟と書いてあるんだからどっちでも同じだと考え直した——ところまでは正しかった。

（山根…山根がまずいんだから…つまり…、え〜っと、…——そうか！）

「た、たたた確かに私が描きましたが、そ…そ、それは北海道の父が可愛《かわい》がっている馬糞《ばふん》ウニの〝山根《サンコン》さん〟です！」

力一杯言い放った瞬間に、言った弘が（きゃあ）と卒倒しそうになる。どうして後悔は後悔なのか、お願いだから誰か教えて。

（あ、ああああああ、あああ〜っ）

丸々一分間。山根の沈黙は本当の本当に怖かった。サーッと血の気が引き、カーッと血が昇る。弘の頭も忙しい。

と、山根がポツリ。

「――ああ、そう。お父さんは北海道にいらっしゃるんですか」

「…は？」

「北海道のご出身とは、故郷からずいぶんと遠くで働いてるんですなぁ、おたく」

「………え」

弘は生まれも育ちも本州だが、もう、訂正を入れる気力もなかった。山根は『馬糞ウニのサンコンさん』から目を離し、弘が渡したデータ集をデスクに置く。

「喜美津さんの状況は良くわかりました。今日サンプリングした試料の分析結果を待つ必要はありますが、排水の汚染は改善されたと考えさせてもらいます。とりあえず今後の経時データはうちの方へ報告してください。今回の始末書と、将来にわたる埋設配管のメンテ計画もお願いしますよ」

淡々と事務的に話す山根の横顔からは、その真意が読み取れない。まさかあの落書きが本当に『馬糞ウニのサンコンさん』だと思ったわけではあるまいに。

「あ…――あの、山根さん」

「はい？」

怒ってますよね？　と訊きかけて顔が引きつってしまった。

「……い、いえ、なんでもありません。ご依頼の報告書は早急に作成します。本日はありがとうございました」

と冷や汗タラタラで頭を下げたら、

「いやいや、喜美津さんもお疲れ様でした」

とこれだけは優しげに言い、山根は席を立った。

そのまま品証の事務室を出て行くのかと思いきや、デスクの上の『馬糞ウニのサンコンさん』を手に取って――。

「これ、記念にいただいてもいいですかね？」

「え⁉」

（ひいっ）と仰《の》け反《ぞ》る弘の目の前に、山根は落書きをヒラヒラさせてニヤリ。

「よろしいですよね？　私が役所にいる間、ず～～～～っと大切にしますから。それと今回の始末書ですが、やっぱり月曜の朝一番に提出してください」

＊＊＊

（つ、疲れた…）

ひとり分析装置を終了させながら、弘はハァッとため息をついた。山根が喜美津の努力を認めたことで、工場の操業停止という最悪の事態は回避できた。工場中がホッと胸を撫で下ろし、工場長も他の部長連中もわざわざ品証まで出向いて弘の労をねぎらってくれた。今は残務処理の真っ最中なのだけれど、それも昨日までの緊張感はない。始末書は明日か明後日《あさって》にでも休日出勤して書けばいいから、良好になったデータをとりあえずPCに入力するだけだ。

でも弘は疲れていた。検査をパスしたという達成感はなぜだか希薄で、徹夜だった江夏を終業前に帰し、自分を気遣う木崎も「大丈夫ですから」と帰した後ひとりになっても、ただただ疲れているだけだった。

だがそれもぬるま湯のよう。おかしな言い方だが、ようやくしみじみと疲れることができる、――そんな感じだったのだ。

(今後のメンテ計画か…。一度、関連部署で集まって打ち合わせしなくちゃな)

ボンヤリとそんなことを考えていた時、不意に電話のベルが弘の耳へ飛び込んで来た。事務室の品証直通のやつだと反射的に時計を見たら、午後八時になろうとしている。

(…?)

今頃誰だろうと足早に実験室を出て、弘は木崎のデスクの上にある電話を取った。

「はい、喜美津化学です」

『――なんだ、まだいたのか』

「!」

ドキッと胸が鳴り、受話器を握る手がキュッと緊張する。

「前原…？」

『おう、立ち入り検査はどうだった？』

「あ…無事にすんだよ」

一部、個人的な不手際はあったけれど——とは、心の中。

『パスしそうなのか？』

「うん、大丈夫だと思う。基準値も昼前にクリアしたんだ」

『そうか、——良かったな』

前原の温かい声音が、疲れ果てた弘の身体にじわりと染みた。それと同時に麻痺《まひ》していた〝喜び〟が息を吹きかえしてきて、弘はホッと微笑《ほほえ》んだ。

「良かった。本当に」

『残業はまだかかるのか？』

「いや、もう終わるよ。君は？　病院に行ったんだろう？」

『ああ、さっき解放されたばっかりだ。検査だなんだで一日足止め喰《く》らったよ。別になんともなかったけど、穴掘り以上に疲れちまった』

前原らしいなと弘の表情がなごむ。

「心配してたから安心した。——でも、今夜は早く寝た方がいい」

『言われるまでもねぇ、もう布団《ふとん》の中だ』

「あ、そうなんだ？　ちょっと羨《うらや》ましいな」

『なら遠慮せずにうちに来い。布団の中に入れてやる』

「ダメだよ。横になったらすぐに寝てしまうもの」

『へぇ？　寝るんじゃなくて、何をしたいんだ、おまえ？』

「！」

前原の意味深な台詞《せりふ》に弘は慌てた。カァッと赤面して、誰もいないのに周囲をわたわたと見回して。

「ち、違っ、は…話がしたかったんだ」

『話？』

「うん。――君とふたりっきりで」

『じゃあ、やっぱり今からうちに来い。話なら布団の中でもできるだろう？　心配するな、朝まで寝かせやしねぇから』

「！」

思わずガチャンと切ってしまった。それくらい動揺していた。昨夜《ゆうべ》現場で仕掛けられた口づけの感触が生々しく蘇《よみがえ》ってきて、無意識に口を押さえてしまう。と、再び電話が鳴り始めた。

一回、二回、三回。

唇を噛みしめてから受話器を取る。

「はい、喜美津化学です」

『もしもし?』

「…前原、君はひどいぞ」

『悪かったよ。――おまえの声が聞きたかっただけだ』

まだそんなことを言う。切なさに眉が寄る。

「…君の大学の…、通信教育のことなんだけど…」

『――なんだ、もっと色っぽい話はねぇのか』

「………」

『――弘? 怒ったのか?』

「いいや、怒ってない。ごめん、もう…君は休んだ方がいいよ」

『話は?』

「今夜じゃなくていい、明日でいいんだ」

弘の言葉に『――明日?』と一瞬、微妙な間をあけてから、前原はその先を続けた。

『わかった。おまえも早く家に帰れ』

「うん。――おやすみ」

電話を切ったとたんにまたもや会いたい気持ちがこみ上げてくる。終業時間も過ぎて周囲に誰もいないから、そのやるせなさを振り払う必要もない。やるせないならやるせないままに残りの仕事を片づけてしまおうと、弘は自分のデスクにもどった。そして、キーボードの横に見慣れない物が置かれているのに気がついた。

（んん？）

なんだこれは？　と手に取ってみたら、それはコピー仕立てのいかにも手作りらしい小冊子だった。表紙には『旅のしおり』と見慣れた木崎の書き文字。

（旅のしおり…って…）

なんだろう——と思った次の瞬間、弘はハッと頭を上げた。

「あ」

忘れてた。

明日から慰安旅行だったのだ。

＊＊＊

おおよそ、誰の人生にもタイミングが最悪というイベントがある。弘にとっては今回の慰安旅行がまさしくそれだった。旅行は好きな方だし、そこそこ社交的でもあるので慰安旅行自体は嫌じゃない。——嫌じゃないのだが、なぜこのタイミングに来るのかと心底恨めしい。だいたい、最初に徳永との食事をドタキャンしてしまったことからして、肝心な時に必ず忘れているというのが激しく不吉だ。

いつもよりずっと遅い時刻に家を出て、バスを乗り継ぎ集合場所である本社へ向かいながら、弘は『旅のしおり』をもう一度読みかえしていた。表紙をめくった一枚目、中表紙には『篠《しの》ヶ《が》谷《や》温泉・おじろ屋旅館コース』と大きく書かれている。

この一ヶ月、全身全霊を排水問題にかけていたせいで慰安旅行に関する情報をほとんど右から左に聞き流してしまっていたため、弘自身は温泉の名前も旅館の名前も、昨夜この冊子で初めて知ったお粗末さだ。ただし、これまでの木崎の言動から今回の慰安旅行が温泉旅館の案になったらしいのは感じていたので、行き先自体には驚かなかった。むしろ弘が面食らったのは、初日の昼前から次の日の昼過ぎまで旅館に滞在するという一泊二日四食付きスケジュールの方だ。

これはもう、朝から晩まで喰っちゃ寝て風呂に入っての、ある意味完璧《かんぺき》な慰安旅行。予算が少ない上に近場の観光地は皆、プライベートで行ってしまっているので、どうしてもイベント的なタイムテーブルになってしまうらしい。

まぁ、五年に一度の社員旅行的にはこんなのもありかな——とは思ったけれど、そのスケジュールがかえって弘の憂鬱《ゆううつ》のタネになってしまった。

観光地をいくつか回るコースなら前原と話す時間を少しは見つけられるだろう。なのに、これほどメリハリのない予定ではかえってふたりっきりになるのが難しい。旅館の中で菊川や滝田が前原の側を離れないのは容易に想像できるし、カルガモの親子よろしく連れ立っているところから前原だけを呼び出すのは、ちょっと勇気が要《い》りそうだ。

しかし、通信教育の申し込みの締め切りが旅行明けすぐのはずで、速達書留を使うにしても月曜には郵便局へ持って行かなければならず、――となると、この旅行中にどうしても前原を説得する必要がある。

（ふう…）

疲れの抜けきらない身体が重い。休日出勤の予定が吹っ飛んで、始末書を仕上げるために結局昨夜も深夜残業になってしまった。本当なら体調不良で旅行をパスしたいところを、前原に通信教育を受けさせたい一心で出て来たのだ。

だが、そんな弘に運命の女神はあまりにも非情だった。

「…二コース…？」

「そうそう、二コース。今回初の試みなんだよね」

「いいアイディアだと思いませんか、阿久津さん。僕と木崎部長で社長を説得してＯＫが取れたんですよ！」

「……」

思わず絶句する弘の目の前で、親子ほども年の違う木崎と徳永《とくなが》がおそろいの満足げな笑顔を見せた。場所は本社駐車場。『旅のしおり』に書かれていた集合場所だ。

弘が来た時には幹事の木崎、徳永に加えて、営業の矢野《やの》を含めた本社社員もすでに顔を見せており、彼らと軽く挨拶《あいさつ》を交わした後、弘は前原が来るのを待った。とりあえず、話があることだけは最初に言っておかないとと、けっこうドキドキして三々五々集まって来る喜美津社員を眺めていたのだが、どうしたことか貸し切りバスが到着する時刻になっても前原は姿を現さないのだ。いや、それどころか、集まった面々を見ているうち、弘は数が足りないことに気がついた。

まず、製造部の十代二十代の連中がひとりもいない。そして本社と工場のわずかばかりの女性社員もまったく顔が見えなかった。集合場所に詰めかけたのは、「いったい、このむさ苦しい連中で何が始まるんですか？」と言いたくなるようなオヤジばかり。だのに、木崎も徳永もニコニコ平然としている。

底知れぬ嫌な予感が弘を襲った。訊きたいような訊きたくないような、非常に個人的な葛《かっ》藤《とう》を経て、弘は木崎にさりげなく「江夏っちゃんは、まだ来てないみたいですね」と声をかけた。そう、なんと江夏もいなかったのである。

そんなドキドキの弘に向かって、振りかえった木崎はアッサリ。

「やだなぁ、江夏っちゃんは『遊園地&リゾートホテルコース』だよ」

「え？」

パタパタパタッと弘は三回瞬《まばた》いた。

「遊園地&…？」

「あっちは開園時間から遊園地に入るって、元気一杯に早い電車で出発したよ。今朝《けさ》、私が駅まで見送りに行って来たし」

「――あの、遊園地コースって…今回は中止になったんじゃ…？」

「えぇ～、今頃何言ってるの。今回の慰安旅行は温泉案と遊園地案の両方が採用になったじゃない。はははははは！」

と、どっかのおばちゃんみたいに手を振り振り笑ってから、今度は木崎が目をパチクリする。

「…まさか本当に知らなかったの？　前に言ったよね？　二コースになったからって」

そこに徳永も寄ってきて、冒頭の会話になったのだった。

「いやぁ、今回は意見がまとまらなくてねぇ。どっちのコース選んでもメンバーの半分が不満を持っちゃうっていうか、もう若い人と年寄りで同じことはできない時代なのかな」

と、木崎が振れば、

「そうでもありませんよ、木崎部長。うちの慰安旅行が五年に一度というのが問題なんですよ。毎年でもやってれば、多少不満があっても我慢できると思いません？　今回は二コースで手を打ちましたけど、僕、旅行から帰ったら社長に意見しようと思うんです」

と、徳永が答える。

「おっ、社長に意見とは徳永くんも大きく出たねぇ」

「だって旅行幹事は社長より偉いって、矢野課代に聞いてますもん」

それでふたりして、あははははは！

親子ほど年齢の違う木崎と徳永が、年齢・部署・役職の壁を超えてものすごく気が合ってるらしいと弘でもわかる和気藹々《あいあい》ぶりだった。しかし、だからといって一緒に笑えるはずもない。

（し、信じられない…）

弘は貸し切りバスの狭い座席で呆然と外を見ていた。もちろんそこに流れて行く風景を眺めていたわけではない。自分のうかつさを心底呪《のろ》っていたのである。

慰安旅行が二班に分かれたことを、知らなかったというよりは聞いていなかった。まさしくお客さん気分とはこのことだ。木崎が以前、弘に「慰安旅行に連れてってよ」と言ったことがあったが、弘の方こそ仕事だけしていれば慰安旅行に連れて行ってもらえるものだとばかり思い込み、木崎に何を言われても心ここにあらずの生返事ばかりしていたのだ。

ガックリ肩を落とした弘の背中を、木崎はニコニコと叩《たた》いた。

「まぁまぁ、そんなに落ち込むもんじゃないよ。確かに私ら阿久っちゃんの前であんまり旅行の話をしなかったんだよね。排水のことであれだけ大変な時に、横でほちゃほちゃ遊ぶ話なんてできないものね。それにほら、阿久っちゃんの場合、温泉と遊園地ならどう考えても温泉コースなんだから、私も組分けするのに迷わなかった。ね、結果的には誰にも迷惑かけてないんだから」

「……………」

おそらくは慰めてくれている。しかし、自分のどこらあたりが「どう考えても温泉コース」なんでしょうか——と思わず木崎に詰め寄りたくなる。

そりゃあ確かにジェットコースターはあまり好きじゃないとは言ったけれど、遊園地には観覧車だってメリーゴーランドだってあるじゃありませんか。だいたい、あの時は前原とのことがあって疲れてて——。

「……………」

その名を頭の中で口にしたとたん、昨夜の優しげな声が蘇って胸が詰まった。前原は遊園地コースだったのだ。正規の幹事がふたりとも温泉コースに来るという事態になって、急遽《きゅうきょ》、前原が遊園地コースの工場側の責任者に任ぜられたらしい。

(前原、君は本当にひどいぞ…)

明日話せればいいからと自分が言った時、一瞬、あの男が言い澱《よど》んだ理由が今ならわかる。たぶんお互いが別々のコースだと知っていて、何を言いだしたのかと思っていたに違いない。一言「明日は慰安旅行だし、おまえとは別コースだ」と電話口で言ってくれれば、仕事なんか放り出して君の布団の中に飛び込んだのに…。

（いや、違うって）

弘はムッと眉を寄せ、（部屋に行って話をしたのに）――だと念入りに訂正した。立ち入り検査の疲れと慰安旅行のコース別の衝撃で頭が完全に混乱している。落ち着け、とにかく今日中に前原と連絡を取るのだ。明日、旅行から帰ったら必ず会ってくれと言えば、きっとまだ間に合う。

そう自分を励ます弘にしてみれば、すぐにでも前原の携帯に電話したかったけれど、今は貸し切りバスの中。とてもじゃないが衆目の中で前原に電話なんかできそうもない。もっとも、午前中だというのにビールとおつまみが配られているバスの中はすでにワイワイガヤガヤの宴会場状態だから、弘が携帯に向かって何をしゃべっていようが興味を引かれる人間はいなさそうだった。――たったひとりを除いて。

「工場、すごく大変だったんですってね」

「え？　あ、うん。市役所の立ち入り検査があって、それがけっこう…」

「立ち入り検査はパスしたんですか？」

「うん、昨日ようやくね。たぶんギリギリだとは思うけど」

「阿久津さんって、私服だと僕より年上みたいに見えませんね」

「――え？　そ、そう？」

「家では普段どんなことしてるんですか？」

「どんなって別に…。あの、なんでそんなこと訊くの？」

「阿久津さんのこと知りたいからです」

「……」

徳永である。

隣に座っている徳永がさっきから仕事に関係あるんだかないんだかの質問を連発して、片時も弘をひとりにしてくれないのである。

よくよく見れば今回の参加者で若手といえるのが自分と徳永のふたりだけ。しかも徳永には期待されながら幹事を放り出してしまった負い目もあって、弘も彼を無下にはできない事情がある。

訊かれるままに自宅やら携帯やらの電話番号まで教えた挙げ句、今度こそどこかで食事をと言われて、さすがにこれは断った。

「わざわざ場所を設定しなくても、今日と明日で四回も一緒に食事するじゃないか」

「……そうですね」

徳永は露骨にガッカリした顔を見せたがそれ以上は食い下がらず、今度は幹事仕事の大変さを熱心にしゃべり始めた。それでいよいよ旅館につくまでの一時間半もの間、弘が前原に連絡するチャンスは一度も訪れなかったのだ。

「は〜い皆さん、右手をご覧くださぁい。あれに見えますのが篠ヶ谷温泉おじろ屋旅館さんで〜す」

まるでバスガイドのような木崎の名調子。その指し示した先を見て、喜美津化学オヤジ班――と弘がこっそり命名した――が（おおっ）とどよめいた。

小高い丘の中腹にそびえ立つ和洋折衷の白い建家《たてや》は威風堂々、天下の『おじろ屋旅館』といえばありとあらゆる娯楽施設がそろっていて、客が旅館の外へ出る必要がない――とは、『旅のしおり』の受け売りだ。そしてバスが楽々横づけできるだだっ広い玄関先には、営業スマイル全開の女将《おかみ》や仲居たちと一緒に、なんと喜美津化学社長の喜美直之《きみなおゆき》が待っていた。

「やぁみんな、いらっしゃい」

どうやら自家用車で先に来て可愛い社員が到着するのを待っていたらしく、バスから降りて来る社員ひとりひとりを丁寧に出迎える。そんな社長の心遣いは、弘を含めてそこにいる全員をいたく感動させた。

「社長、お久しぶりです」

「阿久津くん、元気そうですね」

喜美はニコニコしっかり弘の手を握る。工場勤務の弘は社長の喜美とはほとんど接触がなく、こんなに近く社長と対面するのは、入社を誘われて以来かもしれなかった。化学薬品製造業をひとりで立ち上げたとは思えない穏やかで優しげな風貌《ふうぼう》が懐かしい。

「活躍ぶりは浦野《うらの》くんから聞いてますよ。今日は君とじっくり話がしたくて私の我儘《わがまま》を通してもらいました」

そう言いながら意味深に微笑む喜美に向かって、弘は思わず「は？」と訊きかえした。が、バスからはまだ続々とオヤジ班が降りて来るので答えを聞く間がない。それは喜美も承知の上だ。握った手を離し際に「また後でね」と囁《ささや》いた。

「……………？」

そんな社長の我が儘を教えてくれたのは徳永だった。

「――同室？」

「はい。阿久津さんと社長は同室です」

「同室って…、え？　ふたりだけ？　僕と社長だけで一室なの？」

「ええ。阿久津さんといろいろ話がしたいからって社長から頼まれて、木崎部長が特別室を用意されたんです。後は四人一組で十二畳一室なんですよ。いいなぁ、社長とふたりっきりで特別室なんて、ホント羨ましい」

「……」

本当か？　おまえは本当に社長とふたりで特別室に入るのが羨ましいのか？　と、徳永に思いきり突っ込みたい。

（しかし…）

これはまずい。うかうかしていると本当に前原へ連絡する時間がなくなってしまう。

荷物を持って通された大広間、昼食を食べ食べ修学旅行中の中高生のように旅館での注意事項を聞きながら、弘は五分だけでもひとりきりになれないかとチャンスをうかがった。しかし、食べて終わったらすぐさま部屋に移動で、そうなると社長の面倒は自動的に弘が見なければならない。

専属の仲居が案内した先は明らかにVIP用とおぼしき立派な小玄関が並ぶフロアだった。たったふたりで清潔な和室が三部屋もある客室に収まり、弘がいれた玉露《ぎょくろ》を満足げに飲んでから喜美はため息をつく。

「美味《うま》い。阿久津くんはお茶をいれるのがずいぶんと上手いねぇ」

「あ、…母が趣味で煎茶《せんちゃ》式をやっているので、まぁ見よう見真似で」

「ほぅ、それは優雅な」

シンとしてズズッと茶をすする音。行儀良く正座したまま、社長の話はいったいいつ始まるのだろうかと固唾《かたず》を飲んで待っている弘の様子に、喜美は（おや？）という視線を向けた。

「阿久津くん、温泉は嫌いかね？」

「え？　あ…いや、そんなことは」

「じゃあ、早く行ってらっしゃい。この部屋にも立派な内湯はあるようだけど、ここは大浴場だけでも十近くあるらしいし、確かこの階にもフロア専用のヤツがあったから」

「でもあの…」とモジモジする。できれば社長との話を先にすませて、心置きなく前原のことを考えたかったのだが。

「話は今晩の宴会の後にでもしましょうよ。何、工場の様子を聞きたいだけだから、そんなに構えなくて大丈夫です。私はこれからマッサージを呼ぼうと思ってるんだ。せっかく人目を気にせず昼から湯に浸《つ》かれるんだし、君も夕食までのんびりしてらっしゃい。――それとも一緒にマッサージしてもらうかね？」

「と、とんでもない！」

社長の申し出を失礼と紙一重の態度で断って、弘は特別室を飛び出した。なんだかとっても忙《せわ》しない。でもこれでようやく前原に電話できると携帯を取り出した時、静まりかえったVIPフロアで弘の動きが止まった。明らかに電話しにくい静けさだ。

（え～っと…）

携帯を握ったまましばらくキョロキョロ。いっそロビーまでもどろうかとも考えたけれど、下に行けば慰安に燃える徳永&オヤジ班がどこにいるとも限らないのだ。鉢合わせして慰安を強要されることだけは避けたい弘が最終的に辿りついたのが、VIPフロア専用の大浴場だった。

「……………」

息をひそめてこっそりのぞく。

竹材で趣味良くコーディネイトされた脱衣所と、壁一面の展望窓から太陽光がふんだんに降り注ぐ大浴場には誰の姿もない。弘はホッとして、脱衣所の奥にある休憩コーナーに足早に入り込んだ。コーナーとはいえさすがにVIP専用、一段高く設《しつら》えられたそこは狭いながらも畳を敷いた立派な座敷仕様で、ちゃんと障子を閉められるのがありがたい。

四畳半の一番奥、ドキドキと携帯のメモリーボタンを押す。前原の携帯の着メロ——古いアクション映画のメインテーマだ——が巨大な遊園地の一角で鳴っているところを想像しながら、弘は前原が応《こた》えるのを辛抱強く待った。なのに、軽快な呼び出し音がプップッと途切れ始めたと思ったら、そのまま切れてしまう。

(あれ?)

もう一度かけても結果は同じ。三度目にはついに『オカケニナッタ番号ハ…』と、接続不可のメッセージが流れ出す。しばらく携帯を見つめてから、今度は江夏にかけてみたけれど、やはりまったく繋がらなかった。

「……………」

山間の温泉地と海沿いの遊園地の間では、何かが邪魔して電波が真っすぐ飛ばないらしい。

弘は自分でも驚くほどガッカリとしてエレベーターに向かった。

――こうなったら仕方ない。


「徳永くん、ちょっといいかな?」

「あ! 捜してたんですよ、阿久津さん!!」

手を振りながら豪華な絨毯《じゅうたん》敷きのロビーを駆け寄って来る徳永はすでに旅館の浴衣《ゆかた》を着込んでいた。ちょうど午後から旅館に入る客でロビーはごったがえしていたけれど、温泉だけを利用する客もいるらしいから、どれくらい泊まり客が混ざっているのかわからない。しかしこの巨大旅館の中ではむしろ弘のような普通の服装が浮いて見えるから不思議だ。

「捜してたって僕を?」

「ええ。部屋まで行ったんですよ。社長に聞きました。お風呂ですよね? 僕、ご一緒します。二日間で大浴場全部制覇しましょうよ。他の人はもう始めてますよ」

「あ、うん。あの、その前に遊園地コースの人たちが泊まるホテルの名前を教えてくれないかな?」

「え? どうしたんですか?」

「ちょっと連絡を取りたいんだけど、さっきから携帯が繋がらなくて」

「誰にですか？」

「まえ――…や、江夏くんだよ。品証の」

「やだなぁ、まだ仕事のこと考えてます？」

「そうじゃないけど…。今日、一緒だとばかり思い込んでたからさ、江夏くんに言いそびれてたことがあったんだ。ホテルにちょっと伝言を頼みたいだけなんだけど、何かまずいのかな？」

「いえ、そんなことはありません」

弘がコース分けを知らなかったのは本当なので、徳永はセカンドバッグから取り出した『旅のしおり2』を素直に弘に手渡した。表紙は同じで、中表紙には『パーク・スィンギア＆ホテル・スィンギアコース』の文字が躍っている。名前からしてホテルは遊園地併設のものらしい。

公衆電話の向こうの丁寧なフロントマンに江夏への伝言を頼んだら、弘の肩からようやくホッと力が抜けた。しかしそれもつかのま、後ろでは喜色満面の徳永がウズウズと弘の電話が終わるのを待っているのだ。

「じゃあ、お風呂行きましょうか」

「いや、着替えとか持って来てないから」

「大丈夫ですよ。浴衣やタオルは大浴場にも置いてありますから。脱いだ服は仲居さんに部屋まで持って行ってもらえばＯＫです。貴重品もあずけちゃってください」

「財布も？」

「幹事の僕がついてますって。さ、どこから行きます？」

意気揚々と差し出してくる旅館の立派なパンフレットには、趣向を凝らした様々な大浴場が数ページにわたって並んでいる。これに全部入らされるくらいなら遊園地でジェットコースターに乗った方がマシだったたと心底思いつつ、弘はもう、どうにでもしてくれと力なく笑うしかなかった。


「皆さま〜、本日はお休みのところを会社主催の慰安旅行にご参加くださいまして、誠にありがとうございました。コースはふたつに分かれてしまいましたが、ひとりの欠員もなく実施できましたことを、幹事一同厚く厚く御礼申し上げます〜」

五十畳敷きの宴会場の一番前で木崎と徳永が並んで平伏する。壁に沿うように四角く配された会席膳《ぜん》の前から「よ、いいぞ！」とか、「幹事日本一！」とかかけ声が飛んで、座がドッと沸いた。みんなして宴会が始まる前から完全に出来上がっている。何せ風呂に入ってはビールを飲み、ビールを飲んでは風呂に入るという、慰安に来たのか心臓麻痺を起こしに来たのかわからない連中ばかりが勢ぞろいしているのだ。

徳永につき合わされた数々の大浴場で同僚たちのとんでもない光景を目撃するたび、なんとか無茶をやめさせようと焦った弘も、最後にはオヤジ連中のパワーに押しきられてしまった。せいぜい背中を流す程度のおつき合いで、無理に酒を飲まされなかっただけでもマシかもしれない。

もっとも、弘が断った分は徳永が愛想良く代わりに飲んでくれたわけだが。

「え〜、乾杯の音頭を仰せつかりました営業の矢野でございます。本社及び工場の皆さま、本日はお疲れ様でございました。特に工場の皆さまはここ一ヶ月、お役所の検査の関係で相当に大変だったご様子。今日明日は本社のメンバーが皆さまのお世話をさせていただきますので、心置きなく飲めや歌えやしてやってください。かんぱ〜い!!」

矢野のかけ声に呼応して「かんぱ〜い!」と野太い声が一斉に響いた。ビールのコップをぶつけ合う賑《にぎ》やかな音が合図になって、喜美津化学慰安旅行の一大宴会が幕を開ける。

「さ、阿久津くん、行こうか!」

宴《うたげ》が始まってすぐに弘のところへ酌に来たのは乾杯の挨拶をした矢野だった。最初くらいはおとなしく料理を食べるんだろうと予想していた弘は、差し出されたビール瓶を見て慌ててコップを飲み干した。矢野は空になったコップにビールをついでニコニコだ。

「聞いたよ、工場本当に大変だったんだってねぇ。会社を救ってくれてありがとう」

「え!? いえ、そんな、私は別に…」

「ご謙遜《けんそん》ご謙遜。これからの人は働いたことをちゃんと自慢しなきゃ」

あははは！　と笑ってから弘の肩をポンポン叩き、矢野はすぐさま隣の席に移って行った。そして面識のあまりない製造部の人間と何やら楽しげにしゃべり始める。さすがは喜美津の誇る営業マン。次から次へと席を移って座を一周、ひとり残らず挨拶をして回る気らしい。

「阿久津さん、どうぞ！」

ハッと矢野から視線をもどせば今度は徳永がビール瓶片手に前に座っていた。

「あ、いいよ。いま矢野さんについでもらったばかりだから」

「そこをなんとか！　実は矢野課代から『自分の後について来て、みんなに一杯ずつ飲ませるように』って課題をもらってるんですよ」

「えぇ？」

じゃあ、この宴会が営業修行の場なのか？

「阿久津さんお願いします！　最初から失敗だと後が辛《つら》いです！」

「……………」

大浴場での借りもあるし、弘が渋々徳永の杯を飲み干したら、徳永は惚《ほ》れ惚《ぼ》れした表情で「阿久津さんの浴衣姿は色っぽいですね」と馬鹿なことを言ってから隣の席に移って行った。

次に来たのが木崎だ。幹事仕事を代わってもらったので、とても杯を断れない。その次が製造部長の竹中《たけなか》。埋設配管の掘り起こしで世話になっている手前、これも断れるはずがない。

そんなこんなで、実はお膳の前に行儀良く座っているよりもビール瓶片手に座を回っている方がよっぽど酒を飲まずにすむのだと気がついた時、弘はすでにビール中瓶二本分くらいは飲まされていた。ちょうど弘の目の前にいたのは製造の山川だった。

「今回はご苦労さん」

「いえ、こちら…こそ、製造の皆さんにはお世話になりまし…た」

しゃべろうとして声が途切れるのは酔いのせいだとわかっていたが、当たり前のようにつがれるビールを、弘はほとんど無意識に口に運んでしまう。

「まぁ〜確かに大変だったけど、検査もパスできたし、古くなった配管も補修できたし、あんたの言うこと聞いといて良かったって今は思ってるよ。これからも頼むわな」

「ありがとうございます」

うるさ型の山川にそう言ってもらえるのは素直に嬉《うれ》しかった。弘の返杯を気持ち良く飲み干して、山川は「前原もこっちに来りゃ良かったのにな」としみじみ呟《つぶや》く。その言葉にドキンと胸が鳴るのを、弘は笑ってやりすごした。本当は誰よりもそう思っていたけれど。

「あれもよ、前原もけっこう難しい野郎だが、うちの製造じゃピカイチだからよ、これからあんたが上手く使ってやってくれ」

「え？」と目を瞠《みは》って、とんでもないと恐縮して。

「前原さんに…、いや、製造の皆さんに上手く使ってもらうのは僕の方ですから！」

「ま、同じ会社の人間なんだからよ、使ったり使われたりしながらよ、仲良くやっていきゃいいよ。とりあえずあいつに言うことを聞かせられそうなのはあんただけだから言っとくよ」

「山川さん……」

そんなことはない、前原はいくら自分が言ってもダメなものはダメなんです。と、座を移っていく山川の背中に心の中で訴える。

そういえば——。

(……電話来ないな)

ふと思った。

ほとんど食べずに飲み続けていたから、いつも以上に酔いが深い。ちょっとまずいと思いつつ、トイレにでも行って顔を洗って、それから前原たちの泊まるホテルにもう一度連絡を取ってみようと座を立った。

見回した宴会場は、宴もたけなわ、みんな楽しそうにわいわいと杯を重ねている真っ最中だ。工場でも年末には無礼講を極めた忘年会を開くけれど、今日は社長を筆頭に本社組が混ざっているから少し感じが違うなと思った。賑々《にぎにぎ》しいながらも、まだ照れがあるというか、本社組と工場組でお互いにハメを外しきるのを遠慮しているというか…。

大浴場でのすごい有様から夜はどうなるのだろうかとヒヤヒヤしていた弘もホッと胸を撫

で下ろした。このまま宴会を終えて前原と連絡を取って、それから社長の話につき合って——。バタバタしたけれど、これでなんとかすべての帳尻が合う。あと少しだから頑張ろうと廊下へ出たところで、弘はコードレス電話を手にした仲居に声をかけられた。

「あの、お客さまは喜美津化学さまの？」

「え？　あ、はい、そうですが」

「喜美津化学の阿久津さまに、江夏さまとおっしゃる方からお電話が入っておりますんですが」

「あ！　阿久津は私です」

手渡されるのももどかしく、廊下の静かなところまで走った。

「もしもし、江夏っちゃん!?」

『あ〜、阿久津さんスか？　江夏っス。ども、遅くなってすいません』

「とんでもない、せっかく楽しんでるところをごめんね。もうホテルに帰ったんだ？」

『——っス。今ロビーに入ったとこっス。それで阿久津さんの伝言聞いたっス。…あの、なんか急な用スか？』

「え？」

『はい——？』

江夏に聞きかえされてハッとする。すぐに前原に代わってくれとはとても言えない。

「……あ、うん。えっと、き、昨日までのお礼を江夏っちゃんに言うのを忘れてて」

『えぇ～？　そんなのいいっスよ。明後日にはまた工場で会えるんスから。だいたい、お礼だなんて俺、恥ずかしいっスから』

「そ、それはそうなんだけど。実は僕、今日はてっきり江夏っちゃんと同じコースかと思ってて…」

『あ、やっぱり。前原さんがそうなんじゃないかって言ってたっス』

その名前にキュッと全身が緊張した。

「ま…前原さんが？」

『っス。旅行のこと阿久津さんに教えてないのかって訊かれたっスよ。言ってましたよね、俺？』

「うん。ごめん。僕が聞いてなかっただけなんだ。——その前原さん側にいる？」

『前原さん？　いないっスよ』

「あ、もう部屋に入った？」

『そうじゃなくって、ホテルにいないっス』

「え？　なんで？」

『なんか同級生って人がホテルまで遊びに来て、ふたりで出かけたっス』

「——出かけた？」

『っス。近くの工場に勤めてるらしいっス。前もって示し合わせてたみたいで、夕食もいらないからって』

「………」

『──もしもし？　阿久津さん？』

「…あの」

前原がもどったら自分に連絡を──と言いかけて、弘は言葉を呑《の》み込んだ。最初から前原宛《あ》てに伝言を頼んでおけば、こんなすれ違いにはならなかったはず。勝手に江夏の名を使っておいて、いつもどるのかわからない前原を待てとは虫が良すぎる。

受話器を握る手が汗ばんだ。

「──じゃ、ゆっくり休んで、明日も楽しんでね」

『え？　前原さんはいいんスか？』

「いいよ。ちょっと挨拶したかっただけだから」

『っス。失礼しまっス！』

「おやすみ…」

切った電話を仲居に返してから、弘はドッと壁にもたれかかった。できることなら心ゆくまで落ち込みたかったけれど、今の弘には鬱々としている余裕さえない。

「…くそっ」

こうなったら明日の朝早くホテルに電話するか、明日の晩に前原の部屋に押しかけてやる。

半ばやけっぱちな決意を胸に宴会場へもどった弘を待っていたのは、酔っぱらってヘベレケ状態になった徳永だった。弘が座敷に足を踏み入れたとたん、ヘ～ロヘ～ロと駆け寄って来る。

「阿久津さぁ～ん！　どっこ行ってたんですかぁ？」

「うわ⁉」

自分よりも大きな身体に覆い被さられて思わずよろけた。

「ちょ…ちょっと、徳永くん、危ないって！」

だいたい、この腰に回して来る手はなんなんだ？

「ねね、どっこ行ってたんですか～？　もしかして部屋にもどっちゃったのかと思って、僕心配してました～」

寄せられた顔からアルコールの臭《にお》いがムッと鼻を衝《つ》く。これ以上酔わされてはたまらないと、徳永の身体を乱暴に押しかえした。

「もどるわけないだろう。まだ会がお開きになってないのに」

「そう！　そうですよ。宴会はこっれからが本番ですからね。お楽しみがも～すぐ来ますから。う、うぷぷぷぷ」

「は？」

何が来るって？　と、徳永のニヤニヤ顔を見かえした瞬間、弘の真後ろから強烈な香水の匂《にお》いがした。

「⁉」

シャッと開け放たれた襖《ふすま》の向こうに現れたのは、目にも鮮やかな原色のドレスを身にまとったコンパニオンたちだ。

「喜美津化学の皆さま、遅くなりました～ん」

リーダーらしき女性の甘い声にオヤジ連中が（おおっ！）と色めき立ち、奥から木崎が飛んで来る。

「どうもどうもご苦労様。待ってたよ。さぁさぁ、みんなのお酌をしてください」

「はぁ～い」

ドヤドヤと宴会場に乗り込んだのは総勢十名のきれいに着飾ったお姉さま方だった。急にそわそわし始めたオヤジ連中の間にバランス良く席をもらって、すぐさまビールや日本酒を勧めだす。弘は徳永に抱きつかれたまま、その様子を唖然《あぜん》と見つめていた。

「うわ～っ、なんっか壮観ですねぇ」

「………コンパニオン頼んでたの？」

「ってゆーかぁ、こっこくらい大きな旅館になると、旅館の中にバーとかクラブとかラウンジとかあるわけですよ。そっこの女性たちがね、営業を兼ねて宴会場に顔を見せてくれるんです」

「営業?」

「もっちろん二次会三次会のですよ。宴会で男どもに粉かけといてぇ、名刺と一緒に『後でお店にいらしてぇ~ん』」

「……」

　お客の財布の中身をすべて旅館内で使わせるという主旨ならば、なるほど理に適《かな》った営業活動だ。天下の『おじろ屋』は、きれいなお姉さんにチヤホヤされて酒を飲みたいという男の本能なぞ最初から織り込みずみということか。

　しかし——。

(これじゃあ、女の人が来ないはずだよ)

　事ここに至って、弘はようやく今回の旅行の全体像が見えた気がした。

　豪華旅館で温泉三昧《ざんまい》という企画に、女性社員がひとりも参加しないのは不思議だなと当初から思ってはいたけれど、目の前の光景を見せられれば納得する。いったい、どこの女性が同僚のやに下がったスケベ顔なんか見たいと思うだろう。

　創業以来ほとんど男ばかりで成り立ってきた会社ならではの慣例とはいえ、慰安旅行のたびにこんな光景が繰り広げられれば、女性社員がこぞって遊園地コースに流れるのは当たり前だ。

「あ、あっそこのピンクの服着たお姉さん、美人ですよ。あっそこ行きましょうよ！」

「い、いや僕はいいから」

グイグイ奥へ引っ張って行こうとする徳永を振り払ったら、今度は木崎が真後ろから背中を押す。

「阿久っちゃん、飲んでますかぁ～？　あはははは！」

「ぶ、部長!?　私はもう……」

「まぁまぁまぁまぁ！　ささ、お姉さん、このお兄さんについであげてついであげて～、あは、あは、あははは！」

「どうぞ～。あら、こちら本当にハンサム」

「そーでしょそーでしょ。いい男なだけじゃなくって、うちの期待の星なんだよ～、あっはははははは！」

部長、いったい何がそんなにおかしいんですか!?　と訊きたくなるような木崎の上機嫌ぶりに気を取られていたら、いきなり腕を引かれて弘は座敷に倒れ込んだ。乱暴を働いたのは目鼻立ちハッキリ美人のコンパニオン嬢だ。

「やだぁ、ほんとに沙也香《さやか》の好みのタイプ。ね、後でお店にいらしてぇ。これ、アタシの名刺です。沙也香、営業抜きでサービスしちゃう」

「お！　阿久津さんたらこんな美人にそこまで言わせて。意ッ外と隅に置けませんね!!」

「そりゃあそーだよ徳永くん。阿久っちゃんはうちの期待の星だもの～、あははははは！」

目の前が豊満ボディに香水プンプンの沙也香嬢。右が木崎で左が徳永。三人が三人ともビール瓶を持って弘に飲め飲めと迫って来る。

仕返しですね？　これって、幹事を放り出した僕への仕返しなんですね？　と、心の中で訊いてしまう弘を誰が責められよう。

思わず助けを求めて見回した宴会場では、オヤジ連中が——社長も、工場長も、竹中や矢野までも——心底楽しそうにお姉さんたちと飲み食いしていて、すでにそこには本社組工場組の遠慮も吹き飛んでいて、弘はものすごく悲しかった。

「阿久津さん、本っ当に二次会行かないんですか？　社長のおごりなんですよ。沙也香さん待ってますよ」

「いや。僕は先に部屋へ帰るから、徳永くんはみんなと行っておいでよ」

「えぇ～？　阿久津さんがいないとつまらないですよぉ。じゃ、僕も帰ります」

「何を子供みたいなこと言ってるんだ。君は幹事だろう？　最後までつき合わないでどうする」

「木崎部長がいるじゃありませんか」

「ああいうのをいるとは言わないよ」

弘がビシッと指差した先、木崎が竹中と肩を組んで大笑いしている。あれでは社長が大浴場で溺《おぼ》れたとしても笑っているだろう。

午後七時から二時間の予定がコンパニオンの参加で一時間延びて、酒浸しの長い長い宴会がようやく終わったのはついさっきだ。だが、それでおとなしく部屋にもどるオヤジなど喜美津化学にはいなかった。遊び足りない者は麻雀《マージャン》大会に、酒が飲み足りない者は二次会にとすぐさま次のステージが待っている。

「あんなの僕ひとりで面倒見るんですか～？」

「ああ、君ならできる。頑張れ」

なんの根拠もなく断言しておいて、弘は足早に社長の喜美に歩み寄った。

「社長、すみませんがお先に部屋へもどらせていただきます」

「おや、もうなの？」

「はい。寝ずに社長を待っておりますから」

「いいよ寝てて。もどったら無理矢理起こして話をするから」

「ではそのようにお願いします」

大真面目《まじめ》な顔でペコリと頭を下げ、スタスタと去って行く。そんな弘の後ろ姿を眺めながら、社長の喜美が「あれは相当酔っているようだが大丈夫かね？」と徳永に訊いたことを、もちろん当の弘は知るよしもなかった。

ひとりきりでVIP専用フロアにもどって来た弘は、壁づたいにVIP専用の大浴場に向かっていた。さっき自分で気がついたけれど、どうも真っすぐ歩けていない。

大浴場は昼間と同じく誰もおらず、もう一度休憩コーナーに入り込んで障子をピッタリと閉めたらなぜだか心底ホッとした。部屋に真っすぐもどらなかったのは、社長の荷物の横では落ち着けない気がしたからだ。

「ふぅ…」

柱を背に足を投げ出してため息をつく。

太陽光が溢れていた昼間とは別世界の、極限まで照明の抑えられた静かな雰囲気が弘の身体から宴会の喧噪《けんそう》をぬぐい去っていく。障子が脱衣所側の間接光を受けて薄ぼんやりと生成《きな》り色に輝いているのが、どこか夢のようだった。

熱くだるい。

けっこう酔っている。

目を閉じたら、どうしようもなく前原に会いたくなってしまって、弘は（まずいな）と眉を寄せた。会いたいと思って、前原と会えたことがない。

今、お互いにどれくらい離れているのか。たぶん六十キロか七十キロくらい。——会いたい。いっそここを抜け出して、海辺の街まで飛んで行きたいと真剣に考えている自分が、子供みたいで無性に笑えた。

もう一度だけ。

もう一度だけ電話してみようか?

そう思ってフッと目を開いた。

前原はまだ友達といるかもしれない。

でも。

これだけは手離さなかった携帯電話のメモリーを呼び出し、深呼吸してからボタンを押した。やがて始まった呼び出し音に息が止まりそうになる。

(前原)

出てくれ。そして一分でいいから僕に時間をくれ。

そう願う弘の頭の中、前原の携帯の着メロが再生され始めていた。それは古いアクション映画のメインテーマだ。今はどこで鳴っているのか、最初聞いた時、なんだかひどく前原らしいなと思って……。

(――?)

なんともいえない違和感を感じて、弘はふいに視線を泳がせた。頭の中で聞こえているはずの着メロが、どうしてこんなにハッキリと聞こえて来るんだろう? まるですぐ側で鳴っているような――?

「え?」

ガバッと身を起こした。

違う。本当に側で鳴っているんだ。

「!?」

ハッと見上げた生成り色の障子に黒々と映し出された男の影。軽快なメロディがそこから聞こえて来るとわかった瞬間、今度こそ本当に弘の息が止まった。

「……前原?」

囁きのような呼びかけに影がゆっくりと動く。着メロが鳴り続ける中、音もなく障子が開いた。

頼りない間接光を背に、その男は影のまま。

「——なんだ、そこにいたのか」

「………あ」

気がついたら夢中で抱き合っていた。

口づけは激しく、座敷に押し倒された弘の浴衣の裾《すそ》から腿《もも》が剝《む》き出しになる。ひと月ぶりの男の重みに身の奥の官能が直撃されて、弘は完全に混乱した。

会いたいと思って会えたことはない。なのに目の前には前原がいる。

「ま…前原、…あ、あ、どうして…」

身体を探って来る男の指に甘く喘《あえ》いだ。

「そりゃあ俺の方が訊きたいぜ。下で見張ってりゃ、おまえだけフラフラ妙なところへ来やがって。なんなんだ、この階は？」

「社…長が……あ、やっ」

「社長？」

「あ！」

下肢をグイグイと揉《も》み込まれて弘の腰が跳ね上がる。

「ま…前原っ、ち、違う。どうして君がここにいるんだ」

「おまえ、話があるって言ったじゃねぇか」

「で、でも君は友達と出かけたって」

「なんで知ってる」

「江夏…っちゃ…に………あっ」

「昔の友達《ダチ》にバイクを借りたんだ。ここに来るのに足が欲しかったから」

前原は弘の首を舐《な》めてから身を離すと、急《せ》いた仕草で服を脱ぎ始めた。上着を放り出し、ジーンズのボタンに手をかけたところでおもむろに障子を閉める。サッと暗くなる視界が前原の意図を弘に知らせた。

まさかここで？　こんなところで？

「前原、待って」

「うるせぇよ」

ジーンズのファスナーを下ろして再び馬乗りになってくる男から這《は》うようにして逃げたら、浴衣の帯を強く引かれた。

「弘、てめぇ」

「前原、は…話を聞いてくれ」

「俺を殺す気か」

「僕だって死にそうだ！」

さっきの口づけが互いの身体に火を点《つ》けていた。弘とてこのままなりふり構わず前原と情欲に溺れたいのだ。でもそうしたら、この大切な時間がまた流れて行ってしまう。会いたくて会いたくてやっと会えたのに。

弘は腰にかかった前原の手を強く握った。睨み合うようなきつい視線が交錯する。

「前原、大学の通信教育を受けてくれ」

「それは嫌だって言ったはずだ。いまさらこんなところで蒸しかえすな」

「違うんだ。この前は上手く言えなかったけど、僕はどうしても君に大卒の資格を取ってもらうぞ」

「キャリアがそんなに大事なのか」

「キャリアじゃない。そんなもので君を飾りたいわけじゃない」

前原の手を腰に載せたまま、弘はゆっくりと起き上がった。

「前原、思い出してくれ。みんな君を見ていただろう？」

「あぁ？」

「君が埋設配管を掘り出すのをみんなずっと見ていた。危険を承知で反応釜《がま》の下に潜るのもちゃんと見ていたよな」

「――？　なんの話だ」

「君の話だ。率先垂範《そっせんすいはん》の」

「はぁ？」

率先垂範。上にいる者が自ら手本を見せて下の者を働かせるという意味の言葉。だがこの状況で、いったいそれがなんなんだという顔を前原はした。わかっている。弘はグッと眉間に力をこめた。

「君しかいないんだ」

「何が？」

「製造部をひとつにまとめられる人間がだ」

「………何？」

「前原、聞いてくれ。君も今回の件で良くわかったろう？　うちの工場は設備の老朽化が激しいんだ。いずれ品質改善を迫られた時、今回とは比べ物にならないくらい大変なことになる。コスト的にも労働力的にも、おそらく喜美津の限界を試されることになるだろう。辛いし、お金にならないし、何より実を結ぶかどうかもわからない作業の連続だから、きっと何度も挫《くじ》けそうになるに決まってる。——それでも」

弘は強く前原の腕を摑んだ。

「——それでも、君が上にいれば、みんな黙ってついて来る」

「………」

「本当だ。絶対について来る。僕が保証する。だって、君がどんな男か工場中の人間が知っているもの。——公私混同しない。苦労を厭《いと》わない。面倒なことを他人に押しつけたりしない。みんな知ってる。——前原、君のような人間が上に立たないで他の誰を製造部のトップにすえようって言うんだ？　その誰かに工場の一大事をすべて押しつけるのか？　そんな無責任なことを君は本当にできるのか？」

押し黙ったままの前原の視線が怖い。でも、弘は言葉を止めることができなかった。

「頼む、大卒の資格を取ってくれ。君を慕う人間にとって、君はすべての手本になる。菊川くんもタキくんも、これから喜美津に入って来る製造部員もみんな、君という男を見て本当の仕事が何かってことを学ぶんだ。そんな人たちの前で、君はいつまでも同じ地位にいるつもりなのか？　それじゃあ下にいる者はどうすればいい？　今の仕事が君のやるべき仕事のすべてだなんて思ってるんじゃないだろうな？　昇進するってことは偉くなってふんぞりかえることじゃない。それ相応の責任を引き受けて、下の者を導き守るってことなんだぞ！」

「………」

ムッとしたまま、前原はまだ口を利かない。自分の言っていることがわかっているのかいないのか、それさえ知りようもない状況に弘は無性に腹が立った。

「…だいたい、僕は君のために喜美津に呼ばれたんだ。その責任は絶対に取ってもらうからな」

恩着せがましいかもしれない。いっそ八つ当たりのようかも。けれどそれは弘の正直な気持ちだ。この先、自分はどんな仕事にも責任にも応えてみせる。だから――。

「側にいてくれ。君じゃなきゃ嫌だ」

そうだ。

「僕は君以外の男なんて嫌なんだ！」

きっぱりと言い放った。

言ったとたんにものすごい恥ずかしさがこみ上げてきて、弘は咄嗟に前原の前から身を引こうとした。が、それを止めたのは前原の方だ。逃げる弘を強く引き寄せ、その懐に深々と抱きしめる。

「ま、前原？」

「――わかった」

「え？」

ひどく抑揚のない低い声だった。腰から背中に這い上がって来る前原の手が弘の後頭部を強く捉《とら》える。

「おまえの言いたいことは良くわかった」

「!? じゃあ……ん……っ」

弘の言葉を前原の唇が呑み込んだ。

その唐突さに弘が戸惑ったのもほんの一瞬、もう、何をためらうこともなかった。

互いの身体に腕を回し、互いの口を舌でまさぐり合い、うずうずとしたやるせない快感にすべてを任せる。

（前原――！）

「ん…っ……ぅ」

口づけたまま覆い被さって来る前原を受け止めきれず弘の身体が座敷の上に倒れ込んだ。前原の手が器用に弘の帯を解き、胸を撫で回すように浴衣をはだけさせて次には下肢の下着に伸びる。

は、と唇を離したら銀の糸が細く引いた。

「…言葉だけか？」

「え？　……あ、じ、自分で脱ぐから」

「俺を口説《くど》く手管は言葉だけなのか？」

「…前原っ……嫌」

「なぁ、この身体で俺を口説く気はないのか？」

「あ、……あ、…な、何？」

前原が鼻先で弘の首筋を愛撫しながら、耳たぶを舐めるように囁く。

「おまえの身体で俺に言うことを聞かせてみろよ。大卒資格でもなんでも取ってやるから」

「………」

弘はフッと眉を寄せた。

この嘘《うそ》つき。

嫌だと思ったら絶対に言うことを聞かないくせに、心にもない言葉でこっちの気持ちを嬲《なぶ》るつもりか。そう思うはしから弘の身体の中で甘い渇望がこみ上げてくる。

口説けるものなら口説きたい。言葉の足りないところをこの身体で補えるなら、前原に何をされたって構わない。

「ひろし」

「ん…」

熱い目をした男に深く口づけられて、弘はその太い首に腕を回した。以前よりもはるかに逞しくなった肩の筋肉がこの一ヶ月の前原の苦闘を弘の指先に知らせている。自分の身体をまさぐる前原の手のひらのざらつきは、シャベルを握り続けてできたマメのせい。

そう思ったら、とてもじっとしていられなかった。

無理に唇を離して前原の鼻先を舐め、その目の下にキスを落として、今度は自分から唇を合わせる。柔らかく湿った狭間《はざま》にためらいもなく舌を差し入れたとたん、前原が軽く噛んだ。

「あ」

「…口説く気になったのか？」

熱くなった部分を弘の腰に擦《こす》りつけて前原が低く笑った。自分の腰を刺激する硬さが前原の欲情の塊だと感じた瞬間に、弘の下肢が燃え上がる。

「あ、前原」

「口説くって言えよ」

「っ……あ、や」

「さっきの威勢はどうしたんだ」

前原は自分の肩を抱く弘の手を強引に股間《こかん》へ導いた。ジーンズの前立てを割るように指を押し込まされ、太く硬い感触に弘が息を乱す。

「…っ…、…ぁっ」

「おまえが…ここから出してくれ」

「……や」

「早く。…このまま達《い》っちまうぞ」

前原がゆっくりと隣に身を横たえたのを合図に、弘の手がおずおずと動きだした。向かい合わせにジーンズの中を探る時、指先がどうしようもなく震えて抑えきれない。前原がクッと唇を嚙む気配を感じながらドクドクと脈打つ硬直をじかに握りしめたら、弘の唇から妖《あや》しいため息が零れ落ちた。

「擦れ」

命じられるままに擦った。

前原の先端からフッフッと溢れ出す露に指を濡らして、弘は憑《つ》かれたように擦り続けた。いつの間にか互いの額が触れ合っている。気持ち良さそうな男の息が自分の頰《ほお》を嬲るたびに、弘の欲望もどんどんふくれ上がっていく。愛撫されているのは前原のはずなのに、弘の方がどうにかなりそうだった。

そんな弘の窮状を感じ取ったのか、弘の腰に添えられていた前原の手が愛しげに腰骨を撫でた後、スルリと尻を滑って後ろから太腿《ふともも》を割った。

「…あっ」

ガサついた太い指が柔らかい皮膚《ひふ》に荒々しく食い込む。力任せに腿を持ち上げられ、前原の腰に膝をかけるように引き寄せられた刺激で、弘は思わず手の中のモノを離しかけた。それを許さなかったのは前原の方だ。弘の手を引き止め、それどころか弘の股間で熱く震える欲情までいっしょくたに握り込み、二度三度と乱暴に扱《しご》いた。

「――っ！」

弘が声にならない悲鳴をあげる。強い快感に腰が反りかえり、後ろの秘された窪《くぼ》みが前原の太腿に擦りつけられて――。

「あっ」と大きく痙攣《けいれん》した次の瞬間、弘がドッと精を吐いた。

「あ…、…は…っ……っ」

湯を浴びたような解放の余韻に濡れる弘の目尻を、前原の唇がそっとなぞっていく。細かい痙攣が弘の腰を震わせていて、まだお互いの手の中にある前原の情欲を甘く刺激していた。

「ひろ…し」

「……ん」

囁く声にうっとりと視線を彷徨《さまよ》わせれば、前原が動くのが夢の中の出来事のようだ。引き剝がすように前原の硬直から自分の手が解放されたのを感じて、弘はのろのろと身を起こした。

肩先から浴衣が滑り落ちる。

くらっと視界が揺れる。

いったんは治まっていた酔いが、弘の全身にもどって来ている。

前原もまた身を起こした。柱を背に膝を立てて腰を下ろし、燃えるような瞳をして一心に弘を呼ぶ。

「……………」

生成りの障子だけが輝く空間で、弘は前原の隆々とした屹立《きつりつ》をじっと見つめた。やがて引き寄せられるように頭を伏せ、獰猛《どうもう》な息遣いのそれに口を近づけた時、誰かが頭の中で「馬鹿な真似はよせ」と叫んだ。

だが、弘は応と答えられない。

まだ触れてもいないのに、舌と唇が前原の熱さを感じている。這わせた指先が前原の脈の速さを計っている。この体奥から溢れ出す昂奮《こうふん》をなだめるためには、他に方法がないのだ。

息を整えるために一瞬だけ動きを止めて、弘はおもむろに男の灼熱《しゃくねつ》を口に含んだ。

「っつ！」

大きく波打ったのは前原の下腹部。鋭い苦味に眉を寄せ、弘がチロリと舌を動かしたとたん前原の雄が激しく飛沫《しぶ》いた。

「!?」

あまりにもいきなりで一瞬何が起こったかわからなかった。口から零れ落ちる白濁を弘が咄嗟に手で受け止めたら、頭の上で前原が忌々しげに舌打ちする。

「くそっ」

力任せに弘の身体を引きずり上げ、前原は自分の精で汚れた弘の唇を荒れた手のひらで乱暴にぬぐった。

「まっ…まえは…」

「黙れ。——ったく、おまえとは楽しむ間もねぇのか」

「——え？」

「その腰つきをなんとかしろ」

「な…っ」

なんのことだと訊く余裕もなく、弘は仰向《あおむ》けに押し倒された。目の色を変えて弘に覆い被さってきた前原が、その怯《ひる》む両膝を情け容赦なく割り裂いた。

「あ、っ…あ、……っ……ぅん」

燃えるように熱を帯びたモノを前原の口に含まれ、弘はこみ上げる切なさに甘く甘く鳴く。弓なりに反った弘の背中が小刻みに上下するたび、髪が畳に擦れてサラサラと音を立てた。まだ慣れようもない愛撫が恥ずかしくて自分の顔を覆っていた弘の両手は、やがて自分の下肢で蠢《うごめ》く前原の頭に伸びて硬い髪をゆるゆると掻き回し始める。強烈な快感を少しでもまぎらわせたいと思ってしたことだったけれど、弘の熱い指先がますます前原を煽《あお》り立ててしまった。

「あ」

男の太い中指がたっぷりと濡らされた場所に入り込む。何度か抜き差しを繰り返して、すぐに人差し指も——。

ビクン、と弘の身体が痙攣した。

それは激しい凌辱《りょうじょく》の予告なのに、どうして昂奮が深くなっていくのか。前原に教えられた官能を弘の身体は拒めなかった。中で前原の指が蠢くたび、濡れた喘ぎが弘の口から零れ落ちた。

弘の声に前原が動く。さんざ舐めしゃぶった弘の情欲から口を離し、身体を擦りつけながら弘の上を這い上がっていく。汗に湿った互いの肌がいやらしく引きつれ合って、齧《かじ》りつくように唇を合わせた。

「ん…っ…ん、……ぅ」

舌が絡まり合うのと同じリズムで、弘の手のひらが前原の背中を探った。前原の指が無意識に揺れる弘の腰を犯し続けている。限界までふくれ上がった欲望を持てあまし、重なった唇の隙間《すきま》から弘が切羽詰まったよがり声をあげた。

「あぁ、…や…あ、まっ……」

聞いた前原が息を呑む。口づけがいきなり外れ、弘の片膝が荒々しくかかえ上げられた。

指を抜かれたと同時に緩んだ狭間へ熱る《いき》硬直が押しつけられ、怖いほど太いモノが一気に突き入れられた。

「あ！　あぁっ、あ、……っあぁ」

それだけで達してしまいそうな灼熱の感覚に弘の肌がサアッと粟立《あわだ》っていく。

その時、前原の動きが突然止まった。

「!?」

止まったまま動かない。それどころか息を乱してその名を呼ぼうとした弘の口を、男の大きな手が押さえつけた。

「――？」

前原を受け入れて昂奮が極まっていた弘には、何が起こったのかわからなかったのだ。生成りに輝く障子の向こうで人の気配がしていることなど、全然気がついていなかった。

時刻は深夜に近づいている。が、二十四時間入浴可能の大浴場にはいつ誰が来るとも限らない。そして今、その誰かが障子の向こう側にいる。脱衣所を歩き回って風呂場をのぞいて、――風呂に入るにしては不自然な動きだったけれど、その人物が何かの拍子に締めきられた休憩コーナーの障子を開ける可能性は十二分にあった。

前原の緊張が身体越しに弘にも伝わる。情欲に燃える肌でそれを感じて、弘はフッと障子に視線を向けた。弘の視界の中で誰かの影がゆっくりと奥から出口の方へ移動して行く。それで自分たちが今、どういう危険に晒《さら》されているか悟ったのだけれど——。

（……）

見られたらどうしよう——とは思わなかった。

ただボンヤリと、もう出て行ったのかな——と思っただけだ。

弘は視線をもどし、上にいる前原を見た。薄暗い中でも前原がじっと障子の向こうを見ているのがわかった。

切れ長の鋭い目。その目に見つめられると、たとえ職場でも気分がそわそわと落ち着かなくなる。それがどうして今は自分を見ていないのだろう？ ふたり、こうして熱い身体を繋げているというのに……。

（前原…）

弘の手が前原の耳たぶに伸びた。ハッとする前原を構わずに、優しい指先で自分の方へ引っ張り寄せる。外を気にしながらも素直に降りて来る前原の顔を見つめて、弘は自分の口を塞ぐ前原の手をそっとずらした。

「まえはら」と囁いたら、（黙ってろ）と目で叱られた。

どうして？ 君の大きな欲望を呑み込まされて僕はこんなに切ないのに、どうして口を利いてはいけないんだ？

「前原…」

「――っ、黙ってろって」

「……いっ……て」

「え?」

「早く動いて」

「……っ」

はっきりわかるほど前原の身体が震えた。前原と繋がっている弘の腰が誘うように妖しく動き始め、ギリッと前原が歯を喰いしばる。まだ誰かが側にいるかもしれないのだ。声を立てなくても、衣擦《きぬず》れの音に気がつかれたらどうする。――そんな当たり前の心配さえ、今の弘にはどうでもよかった。

「まえは…っ」

なおも口を利こうとした弘の唇を乱暴に唇で塞ぎ、前原が腰の律動を開始した。激しく口を貪《むさぼ》られながら熱くなった腰を強引に攻められ、弘の雄がプップッと大量の露を吐き出した。

「……っ、…っ……ん、…あ!」

動きが激しすぎてとても唇を重ねていられない。痛いほどの突き上げに、前原の背中を抱く弘の爪《つめ》が深々と赤い筋を引く。声を抑えることも忘れて、弘は身も世もなく喘いだ。前原の硬いモノで擦り立てられる快感が、弘をあっという間に際へ追いつめて――。

「あ、まえはらっ、いく…」

「だ…だめだ」

　無慈悲に膨張の根元を握り込まれ、弘は眉を寄せて悶《もだ》えた。

「あぁっ、や、嫌……い、いかせ……」

「まだ、…だ、めだ」

前原の声も上擦っている。男に凌辱の腰を使われれば使われるほど、汗にまみれた弘の上半身が淫《みだ》らにくねった。陶然と弘を攻め続ける前原が弘の胸に顔を寄せ、情に燃え立つ赤い粒にむしゃぶりつく。

「――っ！」

背徳の悦楽が身体を一気に駆け抜けた瞬間、弘は前原と一緒に二度目の絶頂を迎えた。


「……ん…」

気を失うように眠っていたのは短い時間だったと思う。フッと目を覚ました弘は、後ろで身支度を整えている前原に気がついた。

「――帰るのか？」

「ああ。もうすぐ夜が明ける。朝食までにはホテルにもどっておかないとまずいんだ。晩飯は別々だったが朝は全員そろって喰《く》うらしいから」

「…………」

じゃあ自分も、と弘は身を起こした。身体の下でしわくちゃになってしまった浴衣をもう一度着るわけにはいかなくて、脱衣所に予備として置かれていた新しい浴衣を身にまとう。ほど良く糊《のり》のきいた木綿《もめん》の感触が、夜通しの情交で火照《ほて》った身体に気持ち良かった。

「ここからバイクでどのくらい？」

「飛ばせば一時間ちょいだ」

「大丈夫なのか？」

「大丈夫じゃなかったら、どうする？」

意地悪げな笑みを口に張りつかせて、前原が弘の腰を抱きしめてくる。弘の鼻腔《びこう》をくすぐるのは前原の服に染みついた煙草の香り。

夜明け前の薄暗がりの中、こみ上げる愛しさに弘は眉を寄せ、それは前原も同じだったのか、優しい声で言葉を繋ぐ。

「心配いらねぇよ、安全運転で帰るから」

「……うん……」

「弘」

口づけをねだられて応じたのは、終わろうとする逢瀬《おうせ》が名残惜しかったからだ。――なのに前原の手が腰から下の微妙な場所を撫で回し始めて、弘はすぐさま唇を離した。

「前原っ」

「いいじゃねぇか」

「い、…いいわけないだろう。ちょっ、こら」

せっかく脱衣所まで下りていたのに、またもや腰を抱かれて休憩コーナーに連れ込まれる。弘を座敷に放り出すと、前原は後ろ手でピシャッと障子を閉めた。足は弘の浴衣の裾《すそ》を踏みつけている。

「まっ…えはらっ」

「なぁ、おまえ浴衣はやめろ」

「え?」

「そんな格好で下をうろうろすんじゃねぇよ」

「何を…っ、うわっ!?」

帯を思いきり引っ張られて、あっという間に前原の身体の下に引きずり込まれた。

「前原〜〜〜」

下で怒っている弘を気にするふうもなく、前原は馬乗りになったままジーンズのポケットからキーホルダーを取り出すと、じゃらじゃら五、六本の鍵《かぎ》が繋がれているそれから手早く一本を外した。

「ほら」

「え？」

「俺の部屋の鍵だ。今夜来るだろう？」

「こ…今夜って」

「たぶん帰るのは俺の方が後だから、おまえ先に上がって待ってろ。——来るよな？」

「…や、僕は……」

「来た方がいいぜ？　通信教育の申込書、俺、書き方わかんねぇし」

「⁉」

　上からのぞき込んで来るすました顔が憎らしい。ここで言いなりになってはこの男の思うつぼだと、弘は冷たく顔を背けた。

「悪いけど、それくらいは自分でやってくれ」

「なんだ、来ないのか？」

「ああ」

「どうしても？」

「疲れてるんだ」

「そうか、そりゃあ残念だ。——せっかく今夜まで待ってやろうかと思ったが、会えないんじゃ今ここで説明してもらうしかねぇな」

（え？）

「……なんの話だよ？」

思わせぶりな前原の声に弘が顔をもどせば、前原はニヤリと口のはしを上げる。ジーンズのポケットを探った右手が取り出したのは、一枚の小さな紙切れだ。

（――？）

と、紙切れをのぞき込んだ弘は、そこにあり得ない物を見て凍りついた。

例のアレだ。

心ひそかな弘のストレス解消アイテムその二。頭に花が五つも咲いた――前原の似顔絵である。

（うっぎゃ～!!）と頭の中で両手バンザイする。

なぜここに!?

いや、どうしてこれを前原が持っているんだ!?

だってだって、これはPCモニタの横に貼って…。

「あ？」

ちょっと待て。

PCモニタの横にはなかったんじゃないのか？　と、思った瞬間に弘の頭の中に昨日の光景が蘇ってきた。

そうだ、PCモニタの横には何もなくて、それで『馬糞ウニのサンコンさん』が下に落ちていて、山根が拾って、どうして落ちていたんだろうかと考えて――つまり。

「――君が剝がしたのか?」

「これか? そうだ」

「いつ?」

「昨日の朝だ。おまえが品証の事務所で眠り込んでて」

あの時か!

弘はキッと前原を睨みつけた。

「なんで勝手に剝がしたんだよ」

前原が自分の似顔絵を剝がしたばっかりに『サンコンさん』が下に落ち、挙げ句の果てには山根に連れられて市役所に行ってしまったじゃないか。

だがそんな悲劇を上の男が知ろうはずもない。

「なんで? だってこれ、俺だろうが」

「え!? ち、違う!」

「嘘つけ。おまえんとこの江夏がこれは俺だって断言したんだぜ?」

「江夏っちゃんが?」

「そう。おまえがこれに向かって『見損なったぞ前原』とかなんとか言ってたってな」

「!!」

一瞬にして弘の頭にカアッと血が昇った。もちろんそれを見逃す前原ではない。ニヤニヤしながら「さぁ、俺の何を見損なったのか説明してもらおうじゃねぇか」と弘の身体に覆い被さって、さらには腰の帯を解こうとする。——が、さすがにそれは弘が許さなかった。何せ恥ずかしくて死にそうだったから。

「離せ、バカ！」

「うわっ⁉」

上の前原を思いきり突き飛ばし、憤然と立ち上がり、ササッと浴衣の乱れを直してからキッパリ。

「だいたい、いつまでこんなところにいるつもりなんだ⁉　君はあっちの工場側の責任者なんだろう？　早くホテルにもどれよ！」

さんざアレコレやっておいて何をいまさら——とは思わないらしく、弘は大真面目にそう言い放って座敷を下りた。そんな弘の背中を苦笑混じりの前原の声が追いかけてくる。

「おい、忘れ物だ」

シュッと飛んで来た鍵を反射的に受け取って、（しまった）と思ったけれどもう遅い。

「いらない」

「部屋で待ってろ」

「お断りだ」

邪険な言葉とは裏腹に鍵を握りしめ、たとえ合い鍵を受け取っても前原の部屋になんか絶対に絶対に行かないぞ！　と明けの明星に誓いながら大浴場を出た弘は、そこでバッタリ徳永と鉢合わせした。

「あ、阿久津さん！」

「あ、…徳永くん、おはよう」

状況が状況なだけに、思わず視線を彷徨わせてしまう。だって大浴場にはまだ前原がいるのだ。

「ど、どうかしたの？　こんな朝早くに？」

「どうかしたじゃないですよ…」と徳永は怒った顔で言いかけて、何を思ったのか徳永はフッと言葉を止めた。それからまじまじと弘を見る。だけじゃ足りなくてゴクッと生唾《なまつば》まで。

「…？　徳永くん」

「…あの、阿久津さんどうかしたんですか？」

「え？　何が？」

どうしたのかと訊いたのはこっちだろうと弘が近寄って行ったら、意外なことに徳永は慌てて身を引いた。それどころか、いきなり赤くなってモジモジし始める。

（――？）

徳永が焦るのも無理はない。何しろ前原と一晩中抱き合っていた弘は色気たれ流しの浴衣姿なんだから——とは、鈍い本人には百万年経ってもわからない。

「徳永くん？」

「あの…あのですね…」

「うん」

「で、…ですからね…」

「——うん、何か用があったんじゃないの？」

徳永はハッと顔を上げた。

「そうです！ 社長が部屋で心配してます。一晩待っても阿久津さんが部屋にもどらないって。昨夜ずいぶん飲んでたから、どっかでぶっ倒れてんじゃないかって、僕、捜すように言われて来たんですよ！」

「…え？」

社長が？ と三回瞬きしてから、弘は一気に総毛立った。

しまった！

すっかり忘れてた!!

（ああ、あああ、ああああ〜〜！）

最後の最後までこれか!?

「うわ〜〜っ！」と真っ青になって部屋に飛んで帰った弘が、その後、社長の喜美になんと言って説明したのか、呆然と見送った徳永には知るよしもない。

果たして残り少ない弘の慰安旅行が無事に終わるのかどうか、神様にもわからないことが、弘にわかろうはずもなかった。

pleasure trip

理性でダメだとわかっているのに、気持ちがどうしても言うことを聞かない。前原健一郎《まえはらけんいちろう》にとって、それがまさに阿久津弘《あくつひろし》という存在だった。

「お帰りなさいませ」

「！」

広いエントランスの先の豪華なロビーに足を踏み入れたとたん、目敏《めざと》いフロントマンからにこやかに声をかけられて、さすがの前原も一瞬足が止まった。何せ外泊の上の朝帰り、思わず見た腕時計は六時過ぎだ。

ひとりには広すぎるエレベーターを降り、静まりかえった長い廊下を抜け、足早に自分の部屋に向かいながら少なからず緊張する。朝食の集合時間は七時のはずだったから、まだ少し余裕があるけれど、すでに会社の連中が起き出す時刻でもあるのだ。途中で誰《だれ》かと鉢合わせする可能性は十分にあった。それはやはりまずいだろう。

まるで犯罪者のように周囲に気を配りつつ、カード・キーを差し込んで部屋のドアを押し開けたら、カーテンを閉めきったツイン・ルームは夜のまま。音を立てないよう気をつけたつもりだったが、空のベッドへ腰掛けたひょうしに隣の江夏《えなつ》が目を覚ました。

「……あ、…ども、お帰りなさい」

「すまん。起こしたか？」

「や、もう起きる時間でしたから……」

ギシッとベッドの軋《きし》む音がして枕《まく》元《ら》の小さなライトに灯《あか》りがともる。ひどく眠たそうにモゾモゾ起き上がる江夏とは逆に、今度は前原がベッドへ倒れ込んだ。身体《からだ》がだるくて靴を脱ぐのも面倒くさい。うつぶせて目を閉じているのに部屋が明るくなったと感じるのは、起き出した江夏がカーテンを全開にしたからだろう。

「——前原さん、大丈夫っスか？」

「あ？　ああ、……シャワー使うんなら先にしてくれ」

「え、俺は後でいいっスよ」

「いや、ちょっと湯に浸《つ》かりたいから」

「あ、じゃあ、お先に…」

江夏の気配がバスルームに消え、くぐもったシャワーの水音が聞こえて来る頃には、前原はすでに半分夢の中だった。しかし、ようやく手に入れた浅い眠りは、五分もしないうちに携帯の着メロに打ち破られてしまう。胸元でちゃかちゃかと鳴りだした軽快なメロディに顔をしかめ、しょぼつく目で捉《とら》えた小さなモニターには、どうしても居留守を使えない名前が映し出されていて——。

「……くそっ」

前原は腕を突っ張るように身体を仰向《あおむ》けると、おもむろに携帯を開いた。それと同時にもう一度目を閉じる。

「――もしもし」

『あ、前原？　俺、乗竹《のりたけ》だけど』

「ああ。……もう仕事終わったのか？」

『ついさっきな。今ホテルか？』

「ああ。こっちもついさっきついたばかりだ。おまえのバイク、言われたところに返しといたから」

『うん。目の前にあるよ』

「そうか。今回は無理言ってすまなかったな」

『こっちは仕事中だもの、無理でもなんでもなかったさ』

と、電話口で笑ったのは、昨夜《ゆうべ》一晩バイクを提供してくれた高校時代の同級生、乗竹忠生《ただお》だ。夜中にいきなり、それも三年ぶりに連絡をよこした旧友に二つ返事で愛車を貸してくれる気のいい男は、ホテルからそう遠くない工場で前原と同じ製造業務に従事していた。

『――で、首尾はどうだった？』

「首尾？」

『ばっくれるんじゃねぇよ。女だろ、逢《あ》いに行ったの』

「――」

いかにも興味津々な乗竹の声に、前原の目がフッと開く。

逢いに行ったのは女ではない。が、惚《ほ》れた相手と言い替えれば確かにその通りだ。

『ちゃんと逢えたのか？』

「逢えた」

『ヤれたか？』

「ヤれた」

前原の耳元でヒュウッと口笛が鳴る。

『てめぇ、よくも使いまくった腰で他人《ひと》様のバイク転がしてくれたな』

「うるせぇ、余計なお世話だ」

『はは。しっかし珍しいな、おまえがそこまでひとりの女に入れ込むなんてよ』

「あぁ？」

『とぼけンなよ。相手はどんな女なんだ？』

「どんな…って」

『天下の前原健一郎に夜駆けさせるとは相当なタマじゃねぇか』

「なんだ、その〝天下の〟ってのは」

『昔の悪行を忘れたとは言わせねぇぞこの野郎。なぁなぁ、ケチらず教えろよ』

「……知りたいのか？」

『知りたいね』

「………」

いったん携帯を耳から離し、前原は鬱陶《うっとう》しい前髪をかき上げた。そして思わせぶりな低い声で「誰にも言うんじゃねぇぞ」と念を押す。

「実はヤー公の情婦《イロ》なんだ」

『は？』

「じゃ、これから朝飯だから、またな」

『え？　え？　ちょっ…前原？　おま…』

プツッと切ってしまった台詞《せりふ》の続きは、どうせこっちの正気を確かめるような内容だろう。

（正気なわけねぇよ）

逢瀬《おうせ》の相手は正真正銘の同性だ。——ある意味やくざの情婦より手に負えない。

前原は苦笑気味に携帯を放り出すと、まぶしい朝の光を両腕で遮った。

（正気のわけねぇ…）

乗竹にバイクを貸してくれと頼み込んだのは、一昨日《おととい》、弘との電話を切ってからすぐのことだ。話は明日でいいと言った弘の言葉に妙な違和感を覚えたが、逢いに来いと言うのなら行ってやる。前原の心はまたたく間に決まった。

社員そろっての慰安旅行とはいえ、遊園地組は行程の内容からしてほとんど自由行動なのだ。しかもラッキーなことに気の置けない悪友がテーマパークに隣接した工業団地で働いている。そしてタイミングさえ良ければ、そいつのバイクが足に使える。

そしてタイミングはばっちりと合った。

その結果が疲れ果てた今の前原だ。


「前原さん」

「………」

「前原さん」

「ん…」

「前原さん、風呂《ふろ》どうぞ。もう湯を張ってますから」

「あ…？」

のぞき込んで来る江夏の顔を見てから腕時計に目をやったら、十五分ほど時間が飛んでいた。朝食まで三十分を切っている。鉛のように重い身体を起こすのに、普段の百倍も努力が要《い》る前原をどう見たのか、江夏の声はひどく訝《いぶか》しげだ。

「もしかして寝てないんスか？」

「いや…。おまえは早く寝たのか？」

「寝ようとしたっスけど、寝られませんでしたよ」

言葉の中に非難を感じて、前原は江夏の顔を見た。

「――？　なんでだ？」

「前原さんは帰って来たかって、内線が十五分おきっスよ」

「内線？」

「っス。本社のお姉さま方っス」

「ああ…」

そう言えば本社のOL組にホテル最上階のスカイ・バーへ誘われていたんだった。常日頃接触のない本社の事務職と工場の技能職。せっかくだから親交を深めようとかなんとか、本社の由岐成美《ゆきなるみ》に言われた記憶がある。ちなみに成美は本社側の幹事代行だ。

前原は面倒くさそうに頭を掻《か》いた。

「おまえらだけで行きゃあ良かったのに。俺は遅くなるって言っただろうが」

「いえ、製造の人は行きました。菊川《きくかわ》さんも滝田《たきた》も行ったっスよ。それなのにまだ店からかけて来るんスよ。いい加減、俺も頭に来たっスから、一時過ぎにかかって来た時、前原さんは帰って来たけどすぐに寝ちまいましたって言ってやったっス」

「ああ、そりゃ……。――？　なんだ、おまえは行かなかったのか？」

「バーですか？　行ってません」

「なんで？　行きゃあ、お姉さま方に美味《おい》しい思いさせてもらえたかもしれねぇのによ」

「や、やめてくださいよ。俺、彼女《オンナ》いるっスから」

血相を変えて手を振る江夏に、前原の口のはしが引き上がる。

「やめるも何も、ちょっと酒をつき合うくらいオンナに操立てするほどのもんでもねぇだろう」

現に前原も前回の慰安旅行の時、彼女持ちの身でありながら美味しい目にあったのだ。同僚同士、それほどご大層なことではない。酒が入った勢いでちょっぴりアダルトなゲームをする程度なのだから。

ところが江夏は「うん」とは言わなかった。

「菊川さんもそう言ったっスけど、俺は彼女に言い訳するようなことはしたくないっス」

「意外と堅いな、おまえ」

「ほっといてください。それより風呂どうするんスか？　もう溢《あふ》れるっスよ」

ムッとした江夏に急《せ》かすように言われ、前原はようやくベッドを降りた。くたびれた自分に活を入れるため、一度だけ大きく伸びをする。

「先にレストランへ行っててくれ。遅れないように行くから」

「大丈夫っスか？　七時からっスよ」

「――江夏」

「はい？」

「昨夜は迷惑かけたな。勘弁してくれ」

「え？　あ、いや、えっと……。あの、じゃあお先に」

「ああ」

江夏を見送った前原はやおら上着を脱いだ。Tシャツもジーンズも、下着まで全部その場に脱ぎ捨ててバスルームに入る。浴槽を満たす湯から煙のように湯気が立ち昇り、手を浸けると少し温《ぬる》めの心地《ここち》よさが疲れた腕を這《は》い上がってきた。

その感覚が弘の身体を抱く時に似ていると思った瞬間、前原の身体に蘇《よみがえ》ったのは昨夜の熱い情交だ。浴衣《ゆかた》姿の弘はしこたま酒が入っていたせいか、今までで一番乱れ、そして一番大胆だった。

「…っつ」

甘い余韻が疲れきったはずの下肢をまたぞろ痺《しび》れさせる。

くっと顔を歪めた前原は、不埒《ふらち》な昂《たか》ぶりを諫《いさ》めるように勢い良く浴槽に身体を沈めた。浅いそれから湯が大量に溢れ出すのが爽快《そうかい》で、このまま十分でも二十分でも浸かっていたかったが、その余裕は今はないのだ。

疲れのせいだろう、背中が鈍く痛い。ともすれば眠りの谷間に落ちていこうとする意識をなんとか持ちこたえさせ、前原はものの数分で浴槽を出ると鏡に向かってひげをあたりだした。と、その背後でいきなりドアが開く。

「前原さん、すみません！　朝食の場所が変更っス！」

「え？」

顎《あご》を泡だらけにした前原が驚いて振り向いたら、飛び込んで来た江夏もまたビックリした顔で硬直していた。

「――？　変更って？」

「……」

「江夏？」

前原の声にパッと江夏の硬直が解ける。

「あ、…っ、あの、フロアは同じ二階なんスけど、場所がイタ飯屋からステーキ屋に移ったんで…。すぐ隣りっスから」

「そうか。わかった」

前原はもう一度鏡に向き直った。ところが、江夏はまだ動かない。それに気がついて鏡の中から（何か用か？）と投げかけた前原の視線に、江夏の右手が恐る恐る前原の背中を指差した。

「…あの……、それ」

「あ？」

再び鏡の中でバチッと目が合ったとたん、江夏はカアッと赤面する。

「や、な、なんでもないっス！　時間は変わらないんで急いでください。し、失礼しました！」

焦りまくってドアを閉める態度はいかにも奇妙だ。

（……？）

まさか男の裸を見るのが恥ずかしいんじゃないだろうな、と訝しい思いのままひげを剃《そ》り終えた前原は、そこで（あっ）と自分の背中に手をやった。思い当たる場所に指を伸ばしたら案の定ピリピリと鋭い痛みが走るではないか。その正体を何かと問うまでもない。

昨夜の疵《きず》だ。

激しいセックスの最中に苦し紛れに立てた弘の爪痕《つめあと》が、前原の背中に赤い筋として何本も残っていたのだ。

前原は思わず江夏の閉めたドアを見た。

さっきの慌てた態度では、おそらく江夏もこの疵がどういった状況でついたか察しがついたのだろう。もちろん前原の相手が弘だとは夢にも思わないだろうが、見る奴が見れば相手の素性がわかると辻本《つじもと》に言われたのは、つい最近の話だ。彼女一筋らしい江夏はともかく、乗竹のようにそこそこ遊んでいる連中はふとした瞬間に同性相手だと気づくかもしれない。

――それはたぶんまずい。

無意識に眉《まゆ》が寄る。

再び全裸でバスルームを出た前原は、複雑な思いをかかえたまま大きな窓の外に視線を投げた。四角く区切られた空間の中では、七月間近の初夏を思わせる白い陽光が巨大なテーマパークをキラキラと照らし出していた。

朝食の場として指定されたステーキレストランはホテル二階の西の一角にあり、朝早くから大勢の宿泊客でごったがえしていた。前原が時間ギリギリに足を踏み入れたら、入り口近くで待っていたのか、幹事代行の由岐成美がさっそく声をかけて来る。

「前原くん、お・は・よぅ」

「あ、おはようございます」

前原より頭ひとつ下にあるのは、意味深な笑顔だ。

「あら、おはようなの？　一晩中遊んでましたって感じだけど？」

「そりゃ気のせいでしょう。俺ぁ朝までぐっすりでしたよ。昨夜はせっかくのお誘いを無下にしてすんませんでした」

「ホントよねぇ」

艶《つや》っぽい目元がくすん、と細められる。

二つ年上の彼女は短大を卒業後、前原と同じ年に喜美津《きみつ》化学へ入社した。いわゆる同期、ふたりで仲良く入社の挨拶《あいさつ》をした経験からか、未《いま》だに顔を合わせれば気やすく口を利く。そして何より、五年前の慰安旅行で前原に美味しい思いをさせてくれたのも実は彼女だった。

「これから幹事の挨拶があるんだけど、一応、前原くんも隣にいてくれないかな?」

「——いいですよ」

名目上は工場側の幹事代行とはいえ、木崎《きざき》から「なんでも由岐さんに任せればOKだから」と言われた前原は実際その通りにして、成美の方でも察し良く遊園地組の面倒をひとりで見ていた。もっとも、自由行動が主体の遊園地組は、温泉組に比べれば幹事への負担が格段に少ない。

「皆さ〜ん、おはようございま〜す。今日も朝食後は自由行動ですけど、午後三時には必ず正面出口横の噴水に集合してくださ〜い。くれぐれも時間厳守でお願いしま〜す。帰りの切符は私が持ってますから、遅れたら自腹切って帰ってくださいね〜」

成美の軽口に、行儀良くテーブルについていたメンバーからどっと笑いが零《こぼ》れる。それであっさり幹事挨拶は終わり、後は三々五々朝食をとって解散の運びとなった。

「前原くん、一緒に食べようよ」

「え?」

料理が並ぶ大テーブルへ向かいながら、成美は前原の太い腕にするりと自分の腕を絡ませた。その細い身体から零れる香りが、甘ったるく前原の鼻腔《びこう》をくすぐる。

「あっちで昨夜袖《そで》にされたメンバーが手ぐすね引いて待ってるわよ。ね、朝食ぐらいいいでしょ？」

「………」

成美のいたずらっぽい表情に一瞬どうしようかと迷ったけれど、日頃縁遠い工場組と本社組の親睦は慰安旅行の大きなテーマだ。昨夜のこともあるし、どうしても菊川たちと朝食をとりたいわけでもないし、断る理由を見つけられないまま、前原は料理てんこ盛りの白いプレートを持って成美に連行されていった。

フロア隅のクウォーターサークルのテーブルに待っていたのは、成美を含めた同年代の女性ばかりの四人組。おそらく本社の営業か総務あたりにいるのだろうが、工場の製造現場にいる前原には誰が誰だかわからない。

「前原さん、おはようございます」

「――おはようございま～す」

「前原くん、挨拶なんていいから座って座って」

ぐいぐいと成美に背中を押され、女四人に囲まれる格好で腰を下ろす間にも前原の全身に熱い視線が絡まってくる。こういった場で自分の一挙手一投足に異性の関心が集まるのには慣れっこだから今さら戸惑《とまど》いはしないが、朝一番からというのはさすがに閉口ものだった。

その思いはまんま態度に出たのだろう。食事を終えて部屋へもどる時、後ろに続いていた成美が不満の声をあげた。

「五年前はもう少し愛想が良かったわよね」

「え？」

「前原くん、自分が強面《こわもて》だって自覚はあるんでしょ？　こっちは工場のいい男と話ができるって楽しみにして来てるのに、そんな顔でむっつり睨《にら》まれたら口も利けないじゃない」

「――そうですか？」

「あのさ、一応は幹事代行なんだから、前原くんももうちょっと旅行を盛り上げてくれないかな。期待してた徳永《とくなが》くんはオヤジ連中と温泉へ行っちゃうし、工場の…なんだっけ、例の矢野《やの》さんお気に入りの品証の彼氏」

「………」

スッと前原の視線が右に逃げたのには成美も気がつかない。

「……阿久津？」

「そう！　そうそう、その阿久津くんまで来ないんだもの、女の子は盛り下がっちゃって大変なのよ。しかしガッカリよね～、期待のホープがふたりしてオヤジくさいなんて」

「いや…」

それは――と言いかけて、前原は思わず口をつぐんだ。徳永という男がオヤジくさいかどうかは知らないが、少なくとも弘が温泉に行ってしまったのにはそれなりの事情がある。しかし朝から秋波を飛ばして来るようなOL連中に、弘のイメージアップに繋《つな》がる情報を提供するのはすこぶる危険だ。


「菊川や滝田じゃ役不足ですか?」

「言っちゃ悪いけど子供じゃない」

「そりゃ失礼。――早く大人になるように言っときますよ」


じゃあまた、と別れて行こうとした前原の腕を、成美が咄嗟《とっさ》に引き止めた。そしてそのまま強引にエレベーターホール横の非常階段へ連れ出してしまう。


「由岐さん?」

「ねぇ、今日帰りがけにふたりっきりで食事しない?」

「――いや、今夜は人と会う約束があるんで」

「じゃあスィンギア一緒に回ろうよ」

「俺、これから寝るんですよ」

「ええ?」

「ここんとこ仕事がきつかったんで、チェックアウトまで休みたいんです」


階段の踊り場で前原に身を寄せていた成美は「ふ〜ん?」とつまらなそうな返事をしたが、すぐさま「もしかしてひとりで?」と妖《あや》しく微笑《ほほえ》んだ。

「そりゃひとりですよ」

「じゃあ、私がマッサージしてあげようか？」

「は？」

「こう見えても上手いのよ」

思わせぶりに視線を巡らせ、成美はさらに声をひそめる。

「後で部屋に行ってもいい？　もちろん、みんなに内緒で」

「……」

誘っている。

明らかに誘っている。

前原は成美の目を見返しながら、その単刀直入さに感心した。花の独身生活二十七年。それなりに遊び慣れているらしい成美のいいところは、たとえ男を誘うにしてもベタベタと色気過多にならないところだが。

「――俺、オンナいるんですよ」

「あら、マッサージくらい、いいじゃない」

「あいつに言い訳するようなことはしたくないんで」

「前原くんたら、いつの間にそんなに堅くなっちゃったの？」

「俺の堅さは生まれつきですよ」

「嘘《うそ》つき」

成美が即座に決めつけて来るのは五年前の前原を知っているからだろう。そこを突かれると前原も弱い。

「由岐さんこそ、俺なんか相手にするほど困っちゃいないでしょう」

「私だって無理にでも困ってみたい時もあるのよ」

成美はくすっと自分の唇に指を押し当てた。ルージュの赤を前原の顎へ指うつしに残し、長い髪を勢いよく払う。

「もちろん、相手次第だけどね」

じゃあおやすみ、と背筋を伸ばして去っていく成美の後ろ姿は、どっちが振られたのかわからない颯爽《さつそう》さだった。

＊＊＊

前原が短くて長い慰安旅行からようやく解放されたのは、西に傾いた陽《ひ》が世界を黄色く染める頃。

果たして弘は来ているのかという不安を抱えつつ、部屋を借りている雑居ビルへ帰りついたら、母親の佐知子《さちこ》が自分の店からちょうどスタンド看板を持って出て来るところだった。

「あら！　健ちゃん」

「よう」

二部式着物に白い割烹着《かっぽうぎ》。居酒屋女将《おかみ》のユニホームを着込んだ小柄な身体が、息子の姿を認めるやいなや、いきなりピュウッと駆け寄って来る。そして突然怒りだした。

「ちょっと健ちゃん、どうしてくれるのよ！」

「はぁ？」

「はぁ？　じゃないわよ、この唐変木！」

「ちょっ…、なんなんだよ」

帰ったとたんに——と、前原が上から睨み下ろせば、佐知子も頭ふたつ下から憤然と睨みかえしてきた。

「——弘ちゃん来てるわよ」

「⁉」

ギョッと引きかけるのを懸命に踏みとどまり、前原はかろうじて「店に？」と聞きかえす。

その息子の鼻面に母はビシッと人差し指を突きつけた。

「あたしの店じゃなくてあんたの部屋よ、このおたんこなす！　それはいいのよ。問題はその前なのよ。弘ちゃんたら温泉まんじゅう片手に店まで訪ねて来て、『これから息子さんの部屋へ上がらせてもらいますが、ご本人にはちゃんと了解を得ておりますから』って、そりやあ丁寧に挨拶しちゃってくれちゃうのよ！」

（あの野郎っ！）

思わず叫びだしそうになる。これから部屋でアレコレしようって相手の母親に手土産《てみやげ》を持って挨拶するとは、どう考えても嫌がらせとしか思えない。が、ここで墓穴を掘るわけにはいかなかった。

「……あいつは躾《しつけ》のいい家の出なんだよ。良かったじゃねぇか、まんじゅうもらえて」

「何がいいもんですか。弘ちゃんが来たの二時間も前なのよ！」

「だから、それの何がまずいんだって」

「まずいわよ！　大まずよ!!　あたしスッピン見られちゃったよ！」

「はぁ？」

前原がさっぱりわからない顔をして聞きかえしたら、きっちりと化粧をし終えた佐知子はわなわなと叫んだ。

「あんたなんかに…、あんたなんかに、眉毛のない顔見られた女の気持ちなんてわかるもんですかっ！」

「わかるわけねぇだろ。俺は男で眉毛もある」

「んまっ！」

間髪入れないわが子の突っ込みに、佐知子は「これだから息子は嫌！」と、着物の裾《すそ》を振り乱して自分の店に駆け込んで行った。ひとり取り残された前原は佐知子の所業にしばし眉を寄せ、それからドッと疲れた気分でビル横の階段を上り始めた。と、またもや母が駆けて来る。

「健ちゃん、ほらこれ！」

「え？」

押しつけられたのは総菜がぎゅうぎゅうに詰まった二段重ねのお重だった。

「弘ちゃんと食べなさい。母さんこれしか取り柄がないんだから、仕方ないでしょ」

「……………は？」

何がどう仕方ないのか知らないが、絶対に仕方なくはない。何しろ佐知子はその取り柄だけで前原を立派に育て上げ、今でも誰に頼ることなく女ひとり生計を立てているのだ。

「おふくろ、あの…」

「それでもってね、弘ちゃんにね、今度昼間にうちへ来るんだったら、必ず一時間前に連絡するようにって言っておいて」

「――一時間前ぇ？　眉毛描くのに一時間もかかるのか？」

「んまっ！」

女の支度を無視した前原の突っ込みに、佐知子は「悔しい〜っ！」と、再び店に駆け込んで、今度はもどって来なかった。

(なんなんだ、いったい)

前原はさっきよりもさらに疲れ果てた気分で階段を上り、自分の部屋のドアに手をかけた。弘が中から鍵《かぎ》をかけているかと思っていたが、意外にもドアはすんなりと開く。もともとオフィス用に作られたドアだから、灯り取りの磨《す》りガラス部分がドアの大半を占めていて、部屋も広いワンフロアをパーティションしただけ。流し台を置いてユニットバスを詰め込んでもまだ無機質な空間は、前原にとっては寝に帰っているだけに近く、実際、製図に没頭し始めると家なのか職場なのか判然としなくなることだってあるのだ。

だが、今日は違う。

「弘?」

玄関に行儀良く並べられた靴を見ながら、前原は小さくその名を呼んだ。部屋は静まりかえってコトリとも音がしない。

(……?)

訝しい思いで奥に向かえば、丸いローテーブルの上には温泉まんじゅうと部屋の鍵。そしてその向こう側で弘が仰向けに昏倒《こんとう》していた。ただごとではない光景だったけれど、何か急を要する事態でないことはすぐにわかった。

なぜなら自他ともに認める喜美津化学・期待の星は、どう見ても気持ち良さげにぐっすりと寝入っていたからだ。

「……おい」

つま先で膝《ひざ》をついてみたが、起きる気配はまったくない。もしかして、と寝顔に鼻を近づけてみれば案の定、その寝息にはかなり酒の臭《にお》いが混じっている。初めての慰安旅行で勝手がわからない弘のことだ、どうせ今日も朝から勧められるままに浴びるほど酒を飲んでしまったのだろう。

フッとため息をついてから前原は弘の横に片膝をついた。昼は暑いほどの陽気とはいえ、酔っぱらいをこのまま冷たい床の上で寝かせておくわけにはいかないのだ。脇《わき》から手を入れて抱き上げた身体は完全無欠の軟体動物で、よくこれで佐知子に挨拶できたなと感心したが、弘は酒に強いと前原は思っていた。この体たらくは今までの疲れのせいだろうし、何よりも阿久津弘という男は酔って正体をなくすのではなく、頭のネジが一本飛んでガラリと雰囲気を変えるタイプだ。

ベッドにそっと弘を寝かせ、シャツの胸元を楽にしてやる。ベルトを抜き、靴下を脱がせ、目深に毛布をかけてやりながら、前原はしばらくその平和そうな寝顔を見つめていた。男にしては優しい顔立ち。昨夜もひどく酔っていた。重ねた唇からこちらまで酔わされそうになるほどに……。

(正気だったのか？)

躊躇《ちゅうちょ》なくその身を任せてきたのは。

ずっと側《そば》にいてくれと懇願したのは。

おまえじゃなければ嫌だと言いきったのは。

「……………」

訊《き》けないし、答えない。

前原は名残惜《なごり》しげに弘から視線を外すと、背伸びをしながらローテーブルへもどった。荷物の中からキーホルダーを取り出し、机の上に置いてあった部屋の鍵をリングに通す。それを再び鞄《かばん》の中に放り込んで、（やれやれ）と頭を掻いた。

自分も休みたかったが、まだ一仕事残っているのだ。工場長の浦野《うらの》から強引に渡された入学願書一式に自分が通信教育で大卒資格を取るつもりだと書き込んでいかなければならない。そう弘に約束した。

前原は尻《しり》ポケットの財布の中からインスタント証明写真機で撮ってきたバストアップ写真を取り出し、おもむろに願書を開いた。

結局、その小さな証明写真を書面の左上隅に貼りつけたのは最後になった。作業終了までに消費した煙草《たばこ》の本数は計五本。願書自体は紙切れ三枚で、さほど書き込むのに大変ではなかったが、自分が中学や高校を平成何年に卒業したのか改めて訊かれるとすぐには答えられなくて、久しぶりに両手の指を使って計算したりもした。

願書と一緒にあったパンフレットには通信教育で大卒資格を取るための手順が事細かに説明されている。四年もしくは五年という期間での必須履修単位が百二十四。自宅学習でのレポート提出とスクーリングなる集中講義とで積み上げていくその単位の数が多いのか少ないのか、大学生活を送ったことのない前原にはわからない。ただ、カラフルな小冊子のレイアウトや文章の行間には、きついスケジュールに挫折《ざせつ》しかけるだろう学生を、なんとか卒業まで持っていこうとする努力が満ち溢れていた。

（こんなふうにして勉強している人間もいるんだな）

そんなことをつらつらと考えながら、前原は頬杖《ほおづえ》をついて馴染《なじ》みも興味もない単位名をぼんやりと眺めていた。が、次の瞬間、ガクッと首を落として目を覚ます。

「………」

時間が数分飛んでいた。今朝《けさ》と同じだ。いつの間にか眠っていたのだ。目が覚めてそれに気づくのは、狐《きつね》にだまされたような気分だった。

「…っくそ」

波状に襲ってくる睡魔を払いのけ、前原は佐知子のお重を冷蔵庫に放り込んだ。それから戸締まりを終え、きゅうくつな服を脱ぎ捨ててささやかな寝床へ向かう。安っぽいセミダブルのベッド上はすでに弘で一杯だったけれど、前原だって柔らかい布団《ふとん》の上で眠りたい。

ベッドの横に立ち、（今晩は勘弁してやるから、とにかく横に寝かせろ）と心の中で前置きした。

「おい、ちょっと奥へ行けよ」

「…ん」

起こさないよう気を遣いつつ、じわじわと肩を押しやったら、弘が突然口を開いた。

「前原、どうしよう」

「え？」

てっきり目を覚ましたのだと思った。それほどはっきりした声音だった。しかし、言った弘は両目を瞑《つぶ》ったまま苦しそうに表情を歪めている。

「弘？」

「前原、サンコンさんがパウチされて、山根《やまね》さんの机の上に飾られてるんだ」

「…はぁ？」

もしもしなんだって？　と前原が訊きかえそうとしたら、弘はくるんと寝返りを打って背中を向けてしまった。その首のあたりを見つめながら、アフリカ出身のタレントがどういった具合にパウチングされて山根某《なにがし》の机の上に飾られているのか——と一瞬頭の中で想像しかけ、そこで前原はハタと気がつく。

この内容の支離滅裂さから言って間違いなく寝言だ。

（アホらしい）

結果的に人ひとり分の空間ができたベッドに身体を滑り込ませ、前原は猫のように丸くなった弘の背中へ自分の胸板を押し当てた。もう眠くて眠くて仕方ないはずなのに、伝わってくる人肌の温《ぬく》もりが前原のいたずら心を刺激する。

前原、どうしよう――だと？

「おい弘、俺の方こそどうしてくれるんだ」

耳元に低く囁《ささや》きかければ、弘の無防備な身体がピクンと応《こた》えた。起きたのではない、眠ったままで。

「ひろし」

「ん……ん？」

「てめぇが背中につけた痕、江夏に見られちまったぞ」

「…えな…？」

「俺の言うこと聞かねぇと、全部江夏にバラすからな」

「……え…」

寝ている相手と会話するのはいけないと知っていても、面白さが先に立ってやめられなかった。前原は弘が目を覚まさないよう慎重にその身体を自分の方へ向かせ、自分の腰に弘の手を乗せ互いの額をすり合わせる。

「――健ちゃん、って呼んでみな」

「…ん」

「健ちゃん」

「………」

「け・ん・ちゃん」

「………」

「おい、聞いてるのか？　け…」

その瞬間、弘の両目がパカッと開いた。

「…っ!?」

まさに鼻面をつき合わせんばかりに顔を寄せていた前原は、反射的に（うわっ）と首を仰《の》け反《ぞ》らせる。

「前原」

「な、なんだ？」

「ごめん」

「え？」

突然の謝り言葉に前原は目を瞠《みは》ったが、弘は反対に目を閉じた。そしてもう一度眠たげに目蓋《まぶた》を開けると、ゆっくり前原に焦点を合わせた。

「…僕は…君にお礼を言ってなかった。本当は何を置いても君に一番に『ありがとう』って言わなきゃいけなかったのに」

「は？」

「遅くなってごめん。——工場を救ってくれてありがとう」

「！」

弘が何を言いだしたか理解した瞬間、得体の知れないものが前原の鳩尾《みぞおち》を強く強く締めつけた。弘は夢うつつの表情で言葉を紡いでいく。

「本当は手伝いたかったんだ、ずっと。……僕なんかじゃあんまり役には立たないけど、君が穴を掘るのを手伝いたかった。何度も現場に行ったんだ。でも君は口を利いてくれないし、声をかけにくくて…」

「——それは」

口を利けば何を言いだすかわからなかったからだ。

「弘」

「君が穴掘りに苦労してるのに、僕ができることは分析と解析だけ。毎日毎日、ただ実験室に座ってサンプルが来るのをじっと待っているのは……すごく辛《つら》かった」

「それがおまえの仕事だろう。欲張って俺の仕事まで取るんじゃねぇよ」

優しい声音の邪険な言葉に、弘が滲《にじ》むような笑みを浮かべる。

「うん。——でも、やっぱり手伝いたかった…な。……君と…話せなくて…寂しかったし」

それを最後に再びスースーと寝息を立て始めた弘の様子を、前原はどれくらい見ていただろうか。

「この野郎っ」

前原は憤然と身を起こし、眠る弘の服を脱がせにかかった。

（こんな状況でそんな可愛《かわい》い台詞を吐くってことは、俺に今から何をされても文句はないってことだな？）

（素っ裸にして、ヤ〜らしい道具だのア〜ヤしい薬だの使っても、素直に甘い鳴き声をあげるってことだろうな？）

「俺がへばってるからってナめんじゃねぇぞ、こら」

たとえ寝惚《ねぼ》けて言ったとしても、どうにもこうにも許しておけない。

ちまちまと弘のシャツのボタンを外し、チノパンのファスナーに手をかけたところで急速に視界が暗くなる。

「……っくそ」

悲しいかな、さすがの前原もここが限界だった。弘に触れられない葛藤《かっとう》を、握るシャベルにぶつけ続けた一ヶ月間。最後には高濃度のアンモニアガスに曝《さら》され、昨夜は昨夜で一睡もしていない。今朝ホテルで二時間ほど寝たけれど、その時稼いだ体力だって夕方までに使い果たしてしまっていたのだ。

前原の身体がずるずると弘の横に崩れ落ちる。

奈落《ならく》の底へ滑り落ちて行く一瞬に、前原の頭を過《よ》ぎったのはいつかの弘の台詞だ。やはり同じようなシチュエーション。互いに疲れきって眠りにつこうとしていた時、その言葉は前原の耳たぶにそっと触れた。

――よかった。キリンもゾウも転ばないですんだんだ……――。

それが一年も前の自分の言葉への返事だと、前原はしばらく気がつかなかった。気がついた瞬間、ふいに弘に口づけていた。

それをたった今思い出す。そしてすぐさま忘れてしまう。

ようやくの眠りに辿《たど》りついた前原は、本当の本当に疲れきっていたのだ。


次に前原が目覚めた時、部屋はすっかり明るくなっていた。

「………？」

ああ、朝か――と理解するまでに数十秒。まだだるい腕を伸ばして隣の弘を探せば、広くないベッドの上にひとりきりだ。ハッと頭を上げて部屋を見回した前原は、ローテーブルの前でこちらに背を見せて座っている弘の姿にホッとした。

当の弘は何かに気を取られ、前原がベッドを降りて自分の真後ろに立ったことさえ気がつかない。前原は首を傾《かし》げるように弘の手元をのぞき込み、その理由をすぐに察した。

「そんなにチェックしなくても、ちゃんと書いたって」

「うわっ！」

いきなりの声に、弘はテーブルを突き飛ばさんばかりに驚いた。ガバッと振り返り、前原の姿を上から下まで何度も確認するその手にはしっかりと願書が握られている。

「ま…前原っ、おはよう！」

「おぅ。——間違ってねぇだろ」

「な、何が⁉」

「だから、それ」

指差された書類を（あっ）と見て、弘はそそくさとテーブルへもどした。

「か……勝手に見てすまない。書くのを手伝うはずだったのに、うっかり寝てしまって」

「別にいいさ。とりあえず書けたから」

「あ……うん。でも間違ってる」

「は？」

「中学と高校の卒業年、一年ずつ間違ってるよ」

「何⁉」

指まで使って数えたのにか⁉

思わず願書を乱暴に手に取って、前原はそこに並んだ自分の文字を目で追った。一年ずれているというのは前か後かと眉間《みけん》に皺《しわ》を寄せて考えていたら、横から弘が教えてくれる。

「どっちも一年早いんだ。たぶん年と年度を混同したんだと思う。たいした間違いじゃないよ。訂正印持ってる？」

「持ってない」

「じゃあこっちので直しとくから」

と、テーブルの上に転がしてあった前原の三文判を手に取ると、弘は手際良く修正してしまった。そして封筒を大切そうに胸に抱き、いそいそ部屋を出て行こうとする。まったく澱《よど》みのないその行動に慌てたのは前原だ。

「おい、ちょっと待てよ」

「大丈夫、ちゃんと出しとくから」

「そうじゃねぇ、工場まで送ってってやるから朝飯喰《く》ってけ」

「え？　あ、でもそれは……」

思わず泳いだ弘の視線に前原はチッと舌打ちした。

「心配しなくても製造部じゃ夜遊びした挙げ句に同僚の部屋に泊まって一緒に出勤なんてのは日常茶飯事だ。それに昨夜はこれを書いてたんだから、全然おかしくねぇだろ」

「……」

図星を指されて弘の顔がみるみる赤くなる。本当に何かしたんならともかく、仲良くグーグー寝ただけじゃねぇかと前原は弘の手から封筒を取り上げた。

「いいからとにかく座れ」

「でも君は今日、休み番じゃ？」

「俺も工場に用があるんだよ。今回のことじゃ工場長に世話になったんだ。願書を出す前に一言挨拶しとくのが礼儀ってもんだろう」

封筒をベッドの上に放り出した前原は、冷蔵庫から取り出した佐知子のお重をテーブル一杯に広げる。

「半分はおまえのだ」

「これ……お母さんが？」

「ああ、温泉まんじゅうの礼だとよ。——おまえ味噌《みそ》汁は？　インスタントだけど」

「あ、いただきます」

ご飯は電子レンジで温めるやつしかなかったが、それでもおかずが豪華なので小さなテーブルの上は朝食とは思えない賑《にぎ》やかさだ。それをふたりで黙々と平らげているうちに、前原は佐知子の切なる訴えを思い出して（ああ）と箸《はし》を止めた。

「ところで、ちょっと頼みがあるんだが」

「え？」

「お袋の店にこれから行く時には……そう、とりあえず五分前に電話してやってくれ」

「五分前？」

「まぁなんだ。あんなんでも眉毛のない顔を見られたくないらしい」

「あ…そうなのか」

粉ふきいもを食べ食べ、弘が小さく「ちょっと面白かったのに」と呟《つぶや》いた台詞は佐知子にとっては卒倒ものだろう。本人がここにいなくて本当に良かったと思いつつ、前原はじっと弘の顔を見つめた。その意味深な視線を弘が誤解する。

「あ、違っ、ごめん。うちの母も時々眉毛がないもんで…」

「おまえはどっち似だ？」

「え？」

「顔、母親似か？」

「あ、僕？　……いや、僕は外見も性格も父親に瓜《うり》ふたつだってよく母に怒られてる」

「──怒られてる？」

「同じのがふたりいてもつまらないって」

「ふ～ん」

いずこの母親も息子には傍若無人だ。

「おまえに瓜ふたつの父親ってのは会社員か？」

「う～ん、公務員、かな。君のお父さんは？」

「さぁ、うちの親父《おやじ》は俺が赤ん坊の頃にお袋と離婚したんで、今は何してるか知らねぇな」

「え?」と弘は手を止めて、前原の顔をしげしげと見た。が、すぐさま自分の視線の不躾さに気がついたのか、急いで目を手元にもどす。

「……ごめん」

「別に謝ることじゃねぇよ。——で、おまえ兄弟《きょうだい》は?」

「いないよ。君は?」

「親父が再婚してたらいるかもな」

「……」

またもや恐縮する弘をよそに、前原はチラリと壁の時計を確かめた。他愛のない内容だったが、もう少し弘と仕事以外の話をしていたかったのだ。互いのプライベートをほとんど知らない者同士、確かめ合うことはいくらだってある。しかし時計が告げる時刻は、たとえ渋滞知らずのバイクで行くにしてもギリギリのところへ差しかかっていた。

前原は内心舌打ちをする。

「そろそろ出るか。支度するから五分だけ待ってくれ」

「うん」

前原が着替えている間にも、弘はお重を洗ってベッドを直して——と、片時もじっとしている気配がない。とにかく性格がまめなのだろう、実験室で待っているのが苦痛だったという真夜中の告白もそれをよく表している。

だが、たとえ弘が穴掘りの手伝いに来たとしても、前原は絶対に追い払ったと思う。

それほど余裕がなかったのだ。

もうセックスしない、と強く言い渡されて。

「行くぞ」

「うん」

バイクに跨《また》がり、後ろから自分の腰に巻きついて来る弘の腕を意識したら、前原の鎖骨のあたりで血が甘く逆流した。昨夜、疲れに負けてしまった欲望が今さらながらに目を覚ます。身体の芯《しん》が熱くなり、じわじわと四肢を浸食し始める。

このまま工場じゃないどこかに連れ出したい。

そしてさんざんっぱらヤりまくりたい。

（…っ！）

溢れるようにこみ上げてきた情欲を、前原は奥歯で噛《か》みつぶした。

なぜ理性でダメだとわかっているのに気持ちが言うことを聞かないのか。今のこの思いじゃない。弘が男同士のセックスに勝ち負けを持ち出してきたあの時だ。前原に弘を負かそうなどという気はさらさらなかった。なのにそんな言い訳もせず、ただただ気持ちだけが先走った。

──手に入ったわけじゃない。

──自分の激情を受け入れさせられることに弘は納得していない。

一瞬にして噴き出した理性は、情に逆巻く気持ちが強引にねじ伏せてしまった。

気を失うまで弘を苛《さいな》んだ記憶が、未だ前原の中でひどい苦味を発している。その苦味が自分の舌先を痺れさせている間にあきらめきれるものならと口を利かず目を合わせず、憑《つ》かれたように穴掘りに没頭した一ヶ月間は、結局、弘の笑顔ひとつで吹き飛んだ。わずかに残った残骸《ざんがい》さえも怒濤《どとう》の水がすべて流した。

そして腹を括ったのだ。

気持ちがどうしても先走るのなら、理性が追いついて来ればいい──と。

気持ちと理性は相反するものじゃない。なぜなら、どちらも激しく弘を欲しがっているからだ。

(俺は絶対に引かねぇ。──引くのはおまえだ)

背中の温もりにきっぱりと断言する。

空梅雨《からつゆ》気味の青い空の下、前原のバイクは弘を乗せて真っすぐ工場へ突き進んで行った。

「すぐ役所に出かけるのか?」

「うん、月曜の朝って約束だったから。もう報告書はできてるんだ。──それより、工場長との話が終わったら品証へ寄ってくれないか」

「品証へ？」

「君の作業着を返したいんだ。江夏《えな》っちゃんに言づけとくから」

「あれはおまえが持っとけばいい」

「そういうわけにはいかないよ、会社の支給品なのに」

笑顔のままロッカールームへ消えていく弘を見送って、前原は足早に工場長室に向かった。朝一番に工場中を巡回するのが浦野の日課だから、その前に捕まえて話をすませておかないと余計な時間がかかる。

案の定、前原がドアをノックする前にヘルメットを被《かぶ》った浦野が工場長室から出て来た。

「あれ前原くん、今日は休みじゃなかったかね？」

「おはようございます工場長。少し時間いいですか？」

「私？」と不思議そうに私服姿の前原を見分した浦野は、その手に願書の入った角封筒を見てすぐに用件を察したようだ。大喜びで前原を部屋に招き入れると、手ずからお茶をいれて勧めてくれた。しばらく昨日までの慰安旅行の話をしてから、浦野はおもむろに居住まいを正す。

「大卒資格の件、ようやく決心してくれたんだね」

「いろいろご心配をおかけしました」

「そんなことはいいんだ。心配なんてありゃしない。無理な頼み事をしたのはこちらだからね。これからたいへんなのは君の方なんだし、こっちで手伝えることは遠慮せずなんでも言ってくれ。私もそうだが、うちの娘も経済学部なんだよ。いよいよとなったら娘にレポートをやらせてもいいから」

と、工場長にあるまじきことを言い、浦野は嬉《うれ》しげに前原の願書を何度も見た。

「今回のこと、阿久津くんと話をしたのかね？」

「しました」

「そうか、やっぱり君には阿久津くんが一番なんだな…」

「！」

なにげに急所を衝《つ》かれて、前原は思わず湯飲みを落としそうになる。その様子をどう見たのか、浦野は気さくな笑顔で（いやいや）と首を振った。

「彼ならきっと君を説得してくれるんじゃないかと思ってね。忙しいとわかっていたのに、ずいぶん身勝手な頼み事をしてしまった。工場長だなんだと偉ぶってみても、君ひとり満足に説得できないんだから実に情けない話だね」

「あ、…いやあの…」

「いいんだよ前原くん、本当のことなんだから。それに阿久津くんは私が言ったことをそのまま君に伝えたわけではないんでしょう？　彼は本当に優秀な青年だ。仕事に真面目《まじめ》で性格もすこぶるいい。結局、君たちのような人材を獲得できた会社が伸びるんだと今回のことで痛感したよ。それなのに通信教育だなんて余計な苦労を君にかけるけれど、私の非力をどうか勘弁してくれ」

「工場長……」

その真摯《しんし》な声音から、前原には浦野の言葉が本心からだとわかった。高学歴で仕事熱心な弘が上層部に高い評価を受けるのは当然だけれど、浦野はその弘と自分をほとんど同列に扱っている。前に資格取得を説得された時も同じように言われて、その時は浦野の期待など毛ほどにも感じなかったのに、それが今はどうだろう。ろくに返事もできないほど浦野の厚情が胸に響いて来るではないか。

何が変わったというのだろうか。

あの時の自分と今の自分とが――――。

言葉をなくした前原の前で、浦野はお茶を美味そうに飲み干した。

「そういえば排水の問題に関しては社長もずいぶん心配しておられたんだよ。あのひとは製造業がやりたくて会社を興したくらいのひとだからね、本当に工場が大好きなんだ。だから君らのような若いひとが問題解決の原動力になったことに大感激でね、今回のことも詳しく話を聞きたがっておられた。――確か君とも話がしたいとか言ってたなぁ。そのうち社長からお誘いがあるかもしれないから、もし来たら君だけでも快くつき合ってあげてね。阿久津くんには思いきり振られてしまったけれどね」

「はい」

社長に穴掘りの話なんかして面白いのか——とは思ったが、特に断る理由もないので肯《うなず》いた。しかし次の瞬間、前原は（ん？）と眉間に皺を寄せる。

阿久津くんがなんだって？

「——振られた？」

「はい？」

「今確か、阿久津さんが社長をって」

前原の質問に、浦野は（ありゃ、口が滑ったか）という顔をした。

「ああ、いや何、ほんの笑い話なんだがね。一昨日《おととい》の夜、社長が阿久津くんと話をしようと部屋で待ってたのに、彼が朝までもどって来なかったんだよ」

「………え」

「社長が言うには、どうもコンパニオンの誰かと艶っぽいことになってたんじゃないかっていう話なんだが、皆でいくら酒を飲ませても阿久津くんが白状しないんで、『品証の阿久津は仕事だけじゃないなぁ』って妙な武勇伝が立ってしまったよ。ま、宴会じゃずいぶん酒が入ってたからねぇ。部屋にもどらないなんてうちの慰安旅行じゃままあることだし、社長も機嫌を損ねたりはしなかったけど、しかしあの阿久津くんが初っ端《しょぱな》からそれをやるとは意外だった。ちなみに彼は普段もそんな感じかね？」

「………」

「やっぱり酒のせいだろうか？」

「………」

「前原くん？」

「………」

「前原くんどうかした？」

「あ？　あ、いえ、…普段はそんな…」

「――ん？　ああ〜そうね。そうだよね。あれか、解放感ってやつか？　男ってのはひと仕事片づくと、どうしても気持ちがそっちへ行くものね」

「………」

意味深だ。あまりにも意味深な台詞に、前原はどう表情を作っていいのかわからない。

「――あの、そろそろ俺は…」

と、逃げるように前原が腰を上げたら、浦野も「あ、そうだ。私も見回りに行くんだった」とソファを立った。

その後、ヘルメットを被り直した浦野とは工場長室を出たところで別れたが、気がつけば手にあった願書がなくなっている。どうやら浦野が持って行ったらしいと思い当たって、前ているのか。
原は首を傾げた。弘といい浦野といい、いったい自分が郵便局へ行かずどこへ行くと心配し
(いや、しかし……)
今の問題は自分の信用のなさではないのだ。
足早に品証に向かいながら、前原は懸命に一昨日の夜の記憶を辿った。
酒浸しが恒例の慰安旅行、一晩くらい弘が行方《ゆくえ》不明になったって気にする人間なんていな
いと考えていた。が、なんと弘には社長の先約が入っていたのだ。それをあろうことか自分
が横からかっ攫《さら》ってしまった。確かにあの小さな座敷に弘を押し倒した時、社長がどうとか
口走っていた。それに翌朝も大浴場を出たところで弘は誰かと話をしていた。
(あれは誰だ?)
ふいに前原の足が止まる。
弘が話していた相手ではなく、前夜、セックスの最中に大浴場へ入って来た人物のことだ。
あの時すぐに外へ出て行ったと思ったけれど、弘を抱くのに夢中になっていた自分には障子
の向こう側を気にする余裕はなかった。
あれが喜美津の人間だったとしたらどうだ?
(浦野、竹中《たけなか》、木崎、山川《やまかわ》……)
前原の頭の中で、温泉班に参加したオヤジ連中の名がめまぐるしく浮かんでは消えていく。

工場のメンバーはともかく、馴染みのない本社連中になると顔どころか名前さえあやしい。

あの時間にあの場所へ来られるのは誰だ？　大浴場もそうだったが、エレベーターホールも廊下も、そのすべてが妙に人気《ひとけ》のない高級感溢れるフロアで、「なんなんだ、この階は？」と弘に尋ねた時、あいつはなんと答えた？

ひどく酔って激しく混乱して。

けれど答えなかったか？

社長が、と。

「社長？」

（……まさか）

「あ、前原さん、おはようございまっス！」

「…っ!!」

前原健一郎、人生二十五年の中でこれほど驚かされた「おはよう」はない。

ギョッと見やれば、江夏が品証のドアからニコニコ顔をのぞかせているではないか。思索に没頭しているうち、いつの間にか品証の前まで来ていたのだ。

「昨日はお疲れ様でした。作業着っスね？　阿久津さんから頼まれてます」

「…あ、ああ」

江夏は前原の動揺にはまったく気づいていない様子で、いそいそと品証の事務室へ招き入れた。二日前に来た時のままの空間は、今日は唯一弘の姿が見えず、おそらく市役所へ出かけて行った後なのだろう。

「本当にありがとうございました。ちゃんと洗ってありますから」

神妙な口調で江夏が差し出して来た作業着からは、本当に洗剤のいい香りがする。

「どうせ汚れるんだ、わざわざ洗うこたなかったのに…」

「阿久津さんはそういうとこ妥協できないみたいっスよ」

「あいつが洗ったのか？」

「っス。金曜日っス。俺がやるって言ったっスけどね」

「………」

きれいに畳まれた作業着をしみじみと眺め、前原は無意識にため息をついた。

本当にまめなやつ。金曜日といえば目が回るぐらい忙しかっただろうに。

「——品証も…仮眠スペースとか作ったらどうなんだ？　いつもいつも机で寝ちゃ弘の身体に悪いだろう」

「そうなんスよ。俺もそう思って部長に言ったっスけど、部長が絶対にダメだって」

「木崎のおっさんが？」

「っス。そんなの作ったら阿久津さんが家に帰らなくなるからって。会社は働くところであって暮らす場所じゃないんだからって」

「……………」

そりゃそうだ。確かに弘ならやりかねない。

いつものんびりのほほんとしている木崎だけれど、部下の性格を見抜く力は亀の甲より年の功、さすがに抑えるところは抑えている。前原はおもむろに作業着を着込み、「じゃあ、せめて毛布だけでも買っとけ」と品証を後にした。

その後、郵便局へ行く手間がなくなったから——というわけでもなかったが、反応釜《がま》の下がどうなったか確認したくて、前原は足早に現場へ向かった。そんな前原を待っていたかのように、件の大穴の前では製造部長の竹中が部員数人と頭をつき合わせて何か話し合っている真っ最中だった。

「部長、おはようございます」

「お？」

作業着の上だけを羽織った前原の私服姿に、竹中は驚いたような視線を向ける。

「おお、なんだ前原。何か用か？」

「打ち合わせ中にすみません。反応釜の下、もう埋めもどしですか？」

「ああ。このままほっとくわけにもいかないしな。しっかし、こりゃあ掘るのも手間だったが、埋めるのも大仕事だぞ」

そうだろう。反応釜の下はその多大な加重に耐えるため、他《ほか》のところよりよほど綿密に砕石を詰め込んであった。シャベルを何本もダメにしながら、前原は掘るのと同じ速度で埋めもどしの手段を考え続けて、最終的に塞《ふさ》ぐことがベストではないという結論に達していたのだ。

「俺、考えたんですけど、いっそこのまま置いておきませんか」

「ああ？　穴をか？」

「ええ。コンクリでトンネル型に補強して出入り口にマンホールをつけるんです。そうしとけば今後のメンテが絶対に楽ですよ」

「反応釜の下を空洞にしとくって？」

「強度の問題がありますが、柱を打てばなんとか。やってみる価値はあると思います」

ふむ、と竹中は腕を組んだ。今回の苦労を知っているだけに、また何かあったらという懸念は常につきまとう。安易に埋めもどして同じ轍《てつ》を踏むことだけは製造部としてなんとしてでも避けたいのだ。それはそこにいた製造部員全員の思いでもあっただろう。特に異論を唱える者はいなかった。

竹中はしばらく首をコキコキいわせ、それから（よっしゃ）と肯く。

「じゃ、ちょっくら考えてみっか。品証さんばっかり働かせるのも癪《しゃく》だしな。――前原、おまえ今日時間はいいのか？」

「はい」

「ならつき合え。——おい！　そこの土を邪魔にならないところへよけて、ブルーシート被せとけよ」

ドカドカと管理室へ歩きだした竹中に前原も続く。

「そういやおまえ、埋めもどしの件でわざわざ来たのか？」

「いや、工場長に会いに来たんですよ」

「工場長に？」

「ええ。通信教育の願書を出すことにしたんでその報告です」

「願書？」

前を行く竹中がヒョイと振り向いた。

「なんだ、例のアレ、受けることにしたのか？」

「はい。いろいろ意地張ってすみませんでした」

「——いやぁ、意地張ってた方が楽だったんじゃねぇの？　まぁ頑張んな。おまえが道をつければ後に続く者も出る。会社がせっかくその気になったんだ。細くていいからしっかりつけてこい」

「わかりました」

と、今はなんの躊躇もなく言える自分が、前原にはやはり不思議だった。

竹中との打ち合わせは一時間以上にわたり、とりあえず反応釜を支えるために必要な強度を正確に割り出そうということで意見が一致した。暗黙の了解事項は『製造部だけで計画を進める』だ。品証にはしばらく内緒。いまさらつまらない縄張り意識を持ち出すつもりはないが、対抗意識はあっていいし、製造現場の主役は製造部だという自負もある。

俄然、勤労意欲が湧《わ》いてきて、さっそく作業着に着替えようとした前原を、苦笑気味の竹中が止めた。

「おまえは明日まで休みだろう。今日はもう帰れ」

「や、しかし…」

「帰れ。これは部長命令だ」

上司の竹中にきっぱりと言い渡されては、さすがの前原も逆らえない。せっかく面白くなってきたのにと舌打ちしをながら駐輪場まで来たところで、ふいに胸元の携帯が鳴り始めた。買ってから一度も変えたことのない着メロに急かされ、面倒くさげに小さなサブモニターをのぞき込んだ前原は、次の瞬間慌てて携帯を開く。

「もしもし?」

『あ、前原?』

携帯電話特有の少しざわついた声で、弘は『もう家かい？』と訊いてきた。

「いや、まだ工場だ」

『え？　まだ工場にいるのか？』

「ちょっと野暮用で現場をうろついてたんだ。おまえは今どこだ？」

『ちょうど市役所を出たところだよ』

「そうか。で、どうだった？」

『うん、やっぱり正夢だった』

「は？」

『あ、いや、それはいいんだ。——今、話をして大丈夫かな？』

「ああ。もう帰るところだ。なんなら迎えに行ってやる」

『要らないよ。社用車で来てるから』

笑いを含んだ弘の声が、少し甘いと感じるのは気のせいだろうか？　前原はじれったく携帯に耳を押しつけた。

「で、なんの話だ」

『うん。配管のメンテのことで関連部署の会合を持ちたいんだけど、君がいる時に招集をかけたいと思って。次の勤務はいつから？』

「………ああ」

（また仕事の話か）と少なからずガッカリする。

「明後日《あさって》から一番だ」

『……じゃあ次の二番勤務は月曜からかな？　あ、火曜？』

「火曜だ」

『……ということは、その前の日曜は一番で、月曜は休みなんだね』

「そうだ。弘、おまえ――」

そんなことはいちいち電話して来ずに勤務表で確認しろ、の言葉をかろうじて呑み込んで、前原は素早く周囲に視線を投げる。内容はどうあれ弘からの電話は願ってもない。

「なぁ、今夜もうちに来いよ」

『え？』

「え？　じゃねぇだろ。昨夜はさっさとひとりで寝やがって。おまえ、旅行で社長と同室だったんだってな」

『…⁉　な、なんで君がそれを知ってるんだ？』

「馬鹿野郎、おまえの武勇伝まで俺には筒抜けだ」

『武勇伝…ってなんだよ？』

「知らなけりゃ今夜教えてやる。それにおまえ、まだ俺に説明しなきゃいけないこともあったよな？」

『！』

携帯電話の向こうが絶句した。

弘が描いたみょうちくりんな落書きはまだ前原の手の中にある。それと「見損なったぞ前原」という台詞にどれほどの効力があるか知らないが、使える手はなんだって使うつもりだ。明後日に一番勤務に入ってしまったら、弘とはまるまる五日会えなくなるのだ。ここで一気に弘を陥落させたい前原としては、今日明日をどうしても逃したくなかった。

「来いよ。来て説明してくれよ」

『それ…は――ダメだ、今夜は行けないよ。まだ分析しなきゃいけないサンプルが残ってるし、終わるのが何時になるかわからない』

「何時でもいい。迎えに行く」

『前原、ダメだって』

「おまえ俺をいじめんじゃねぇよ」

『いじめてなんか……。前原、僕は明日も仕事なんだぞ』

「心配しなくても少しは寝かせてやるから」

『君は――僕が君を寝かさないとは考えないのか』

「そんなもん…」

（は？）

今なんて言った？

前原は思わず息を止めた。畳みかけるのに夢中でうっかり聞き流したけれど、何かとてつもない爆弾発言だったような気がする。

「ちょっ…弘？」

『言っておくが明日もダメだ。明後日から一番ということは、明日は早く寝る必要があるんだろう？』

「そりゃそうだが、そうじゃなくて…」

『それに、来週の打ち合わせに向けてお互いに準備することだってたくさんあるよな？』

「そりゃあるけど、おまえさっき…」

『前原、工場でメンテ気運の高まっている今がチャンスなんだ。今後のことについては製造部にもぜひアイディアを出して欲しい。——わかっているのか？　君が出すんだぞ？　まさか手ぶらで打ち合わせに来るつもりじゃないだろうな？』

「！」

挑むような弘の声音に前原の頭でカチンと音が鳴った。

（なんだと、この野郎！）

「——心配しなくてもこっちだって計画ずみだ」

『計画？　製造部ではもう計画を立てたっていうのか？』

「そうだ。まず手始めに反応釜の…」と言いかけたところでハッと口をつぐむ。反応釜の下を空洞化する計画は製造部が独自に進めようと打ち合わせしたばかりではないか。それを勢いでばらしてどうする。

『反応釜?』

「なんでもない、こっちの話だ」

『前原、なんなんだ』

「うるせぇ、ほっとけ。——で、いつなんだ?」

『え?』

「配管メンテの打ち合わせはいつだ」

『——いや、まだこれから調整するんだけど』

「じゃあ日程が決まったらプラント日誌にでも書いとけ。メンテについては打ち合わせの時
に製造から正式に案を上げさせてもらう」

(そん時になってこっちの計画に驚くなよ!)

と、ろくすっぽ弘の返事も聞かず前原は携帯電話を切った。切ってから我に返った。

(しまった)

次に会う約束はどうなったんだ?

「……くそっ」

グシャグシャと己の頭を掻く。

なんだかとにかく上手くいかない。

奥手の弘にはこっちが仕掛けていかないとなかなか事が進まないのに、さっきの態度では自ら仕掛けをぶちこわしているようなものだ。今さら「逢いたい」とは言いにくい。しかしなんとかして弘を部屋に引っ張り込みたい。いったいどこで論点がズレたのかと考え込んだ前原の手の中で、またもや携帯電話が歌いだした。

サブモニターに映し出された名前に三秒ほど躊躇する。

「はい」

『あ、前原？　…たびたびすまない』

「いや、いいんだ」

『あの…、さっき言い忘れてたことがあったんだけど』

「なんだ？」

まだ何か仕事のことか——と思考を巡らせた前原の耳に、少しだけ臆《おく》したような弘の声。

『今週の日曜、君の一番勤務が終わってから、い、一緒に出かけないか？』

「え？」

『一緒に——あ、車は僕が出すよ。こ、工場まで迎えに行くから』

「………」

『前原?』

「………」

『あの、もし何か予定があるのなら…』

「いや、大丈夫だ。——わかった。今週の日曜だな?」

『うん』

その時の前原に弘の真意を確かめる余裕はなかった。耳元で「じゃあまた」と言葉が続き、そのままプッと通話が途絶える。しかし、当の前原は携帯を片手にぼんやりと工場の方を見つめたまま、しばらくの間動けなかった。

＊＊

(デート。——なわけねぇよな、たぶん)

居心地悪くセダンの助手席で揺られながら、前原はチラリと運転席の弘を盗み見る。大真面目な顔をしてハンドルを握るその表情から、自動車を運転するのは一ヶ月ぶりだというさっきの自己申告は本当だろう。今日は晴れの日曜日。打ち合わせ通りに工場近くのコンビニの駐車場で待っていた弘と落ち合ったのは、ついさっきだ。

「——で、どこへ行くんだ?」

「うん、篠瀬《しのせ》川の上の方」

(篠瀬川?)

とは、県の中央を流れる一級河川のことで、喜美津化学もいわばこの川の河口付近に位置して操業している。水源を県北の山に持つ篠瀬川の上流に、いったいなんの用があるのかと訝しく思った前原だが、弘の目的地をあえて詳しくは訊かなかった。

いきなりの申し出からはや六日。その間、反応釜下のトンネルに吹きつけるセメント材の選定に全精力をつぎ込んでいた前原は、やはり忙しそうに工場中を走り回っている弘とはほとんど口を利かずに過ごしてきた。埋設配管メンテナンスの合同会議は休み明けの火曜日に決まり、各部署が部の威信をかけたアイディアを出そうとやっきになっている。製造部の作業は会議まであと一日を残してほぼ完了したが、日々募っていく弘に逢いたいという気持ちと新たなる仕事への興味と、その両者がやじろべえのようなバランス感で前原の中に存在していた。

釣合人形の腕は仕事に大きく振れる時もある。ほとんど動かないことも。そして今は完全に弘に振れている。その声も仕草も、息遣いまでもが自分の身体をじわじわと熱くしているのに、うっかり目的地を訊いてそれが無粋な仕事のことだったら興ざめだ。とりあえずどこへでも弘が連れて行きたいところへ自分を連れて行けばいい。あっちの気がすめば今度はこっちが好きにする番だから。

「煙草、いいか？」

「ああいいよ。一応灰皿もついてる」

「おまえ、どうせなら工場にも車で来りゃいいのに」

「う～ん、時々はね。でもバスなら行き帰りに寝られるだろ？　あとバスの最終を残業のタイムリミットにできるし」

「なんだ、一応残業に上限はつけてるのか」

日頃の様子を思い出して前原が意外そうに訊けば、弘はムッと口を尖《とが》らせた。

「当たり前だよ。君といい江夏っちゃんといい、僕が無制限に残業してるとでも思ってるのかな」

「江夏がなんか言ったのか？」

「言ったんじゃなくて、昨日毛布を買って来た」

「……そりゃ…可愛いじゃねぇか」

途中のファミレスで軽く昼食をとった後、車は本格的に川縁の土手道を上流に向かって進み始めた。サイドガラスの向こうでは日を追うごとに厚みを増す陽差しが篠瀬川の川面を輝かせている。いつもバイクの前原にとって、こうして誰かが運転する車の助手席に座り、何を心配することなく流れていく風景を眺めること自体が新鮮だった。

川は上流に向かうにつれて水深が浅くなり、腰まで川に浸かった釣り人の姿がポッポッと見え始めていた。細い竿《さお》が空を切る様子に（そうか、もう鮎《あゆ》が解禁になったんだな…）と前原が思っていたら、隣の弘も同じものを見ていたらしく、「あれって鮎釣り？」と訊いてきた。

「そうだ」

「君は鮎釣りはするのか？」

「昔はやってた。今はもっぱら磯釣りだがな。おまえは釣りをしたことないのか？」

「うん。子供の頃、お遊び程度にやったきりだ」

「じゃあ今度一緒に行くか？　磯釣りで良けりゃ俺がイロハから教えてやるよ」

「あ、本当？」

弘は前を向いたまま嬉しそうに言うと、「……君にイロハから教えてもらうなんて楽しそうだな」と囁くように言葉を繋げた。その微妙な台詞に前原の身の内が甘くざわめく。

もしかして誘っているのか？

（いや、まさかな）

なんにでも物見高い弘のことだ、純粋に釣りに興味があるのだろう。教えてもらう相手が自分だというのを喜んでいるのは確かだとしても、断じて磯の岩陰に連れ込まれての別のイロハを期待しているわけではあるまい。

非常にまずい、と前原は腕を組んだ。自分ではまだ冷静なつもりだったが、気持ちが昂まったところで六日間のお預けを喰らったせいか思考回路が完全にそっちへ走っている。浦野の説を信じれば、仕事がひと段落ついたのも拍車をかけているのだろう。とりあえず弘の用件がすむまでは理性を気持ちの上に持って来ておかないと、非常にまずい。

だから訊いた。

「——今日はどうしたんだ？」と。

「え？」

「これからどこへ行くんだ？　そろそろ教えてくれよ」

弘は一瞬前原を見て、それからすぐに視線を前にもどした。

「…ああ、うん。猪野《いの》ダムまで行こうかと思ってるんだ」

「猪野ダム？」

「うん。君は知ってるかな、ダム湖の側が公園になってるんだけど、ちょうど緑がきれいな頃じゃないかと思うんだ。——その、ここのところ忙しくてお互いに目が回りそうだったろう？　だから少しでものんびりできたらいいなって思って。…まぁ、慰安旅行のやり直しって言うか…」

（馬鹿野郎、ピクニックじゃあるまいし、日帰りの慰安旅行がどこにある）

これはやっぱり素直に帰すわけにはいかねぇな。

前原は素早く猪野ダムまでの行程を考えた。明日は月曜で弘は仕事だ。行って帰って部屋に連れ込んで、と自分が使える時間を計算して、寄り道しなければ帰り着くのは宵の口あたりかと見当をつけた。

「——おまえはよく行くのか?」

「ダム? いや、大学の夏休みに一度だけ。あ、行ったことある?」

「側を走ったことはあるが、直接にはないな」

「そうか。きっと君も気に入るよ。ほら、いつか連れてってくれた海に臨む展望台と雰囲気が似てるから」

「ああ…」

(そういう話題をうかつに出すんじゃねぇよ)

その後自分が釣り宿でどんな目にあわされたか忘れたのか。

だが、今すぐにでも車をラブホテルへ突っ込ませてやりたいと思っている前原の心情などお構いになしに、弘はその後もうかつな発言を連発した。

「僕もバイクの免許取りたいな。初めのうちは君に後ろに乗ってもらって」

(おまえの上なら一日中でも乗っててやるよ)

「分析装置の故障箇所、すぐにわかったんだよね? あれってどういうところで判断するのか、もし良かったら君が夜勤の時にでも教えて欲しいんだ」

(品証の実験室か…。江夏が買って来たって毛布を下に敷きゃ、なんとかなるか?)

「そういえば最近セメントをいろいろ買ってるって聞いたけど、君がコンクリートに練ってるの?」

(おかげさまで腰の持久力は製造一だ)

「……前原?」

「あ?」

信号待ちのために停まった車の中で、弘が不思議そうに見つめてくる。どうやら思いきり生返事だったのがばれたらしい。

「…どうかした?」

「いや、別に」

「——そう?」と弘は小首を傾げたが、信号が青に変わったのを機に再び運転にもどった。

フロントガラスに広がる道はいつの間にか林道になっている。行儀良く並ぶ杉の木立の向こうに、細くなった篠瀬川がキラキラと輝いていた。

猪野ダムに併設の自然公園は、弘が言った通り目に染む鮮やかな緑一色だった。晴天の日曜というシチュエーションのためか、午後三時半すぎにもかかわらずまだ家族連れを中心にたくさんの観光客がいて、駐車場にはツーリングの途中らしいバイクも見える。それに目を奪われながら弘の後ろについて煉瓦《れんが》の小径《こみち》を辿って行くと、十分程度で堤長百メートルを超すダムの堰堤《せきてい》へ出た。

右には青々としたダム湖、左下には垂直の堤壁。猪野ダムは県下最大の貯水ダムだ。

「そういや、ちょっと似てるかな？」

「だろ？ダムの方なんて、見下ろすと頭がクラクラするよ」

弘が振りかえって笑顔を見せる。

「下に工場でもありゃ上からのぞけるのにな」

「ここからは見えないけど、近くに石灰の工場がある」

「このへん石灰石が採《と》れるのか？」

「うん。大学の時、化石掘りに来た」

「化石掘り？」

「アンモナイトとかね。石灰岩って海の生き物が堆積して石化したものだから、たまに出るんだよ。あとはウミユリ？大学で所属していた研究室の教授が好きだったんだよね」

弘は堰提の中央まで来ると不意に足を止めた。前原も横に立ち、ふたりでしばらく湖を見つめる。ダム湖の先には県境になる猪野山がそびえ立ち、そこから吹き下ろして来る六月の風が水面を渡って前原と弘の身体を優しくなぞっていった。聞こえるのは朗らかな野鳥のさえずりだけ。澄みわたった空に目をやれば時間が止まったような錯覚に陥って、前原は思わず目を細めた。

「――前原」

弘が小さな声で呼ぶ。

「ん？」

「なんだか水が少ないと思わないか？」

「え？」

思いがけない問いかけに前原はふと視線をダム湖にもどした。

（水？）

言われてみれば確かに少ないような気がする。いや、ダム湖の水面ばかり見ていてもピンと来ないが、針葉樹に囲まれた湖壁のそこかしこから赤土が顔をのぞかせているということは、通常より水位が下がっている証拠だろう。昨日か一昨日のテレビでも今月は例年より雨が少ないと言っていた気がする。

（空梅雨か――）

空梅雨？

次の瞬間、前原はハッと弘の顔を見た。弘も心配げな表情で前原を見つめかえす。

「今年の夏、もしかして渇水が来るんじゃないだろうか…」

「……」

渇水。水不足は膨大な水を使う化学工場にとって深刻な問題をもたらす。たくさんの水を使うということはつまり、たくさんの水がなければ機能しないということで、上水や工水といった用水のほとんどを外部供給に頼っている工場は水不足の影響をもろに受けるのだ。現に喜美津も十数年前に起こった大渇水の時に何日か操業を停止したと、前原は製造部の先輩連中から聞いて知っていた。品証の弘も木崎あたりから同じ情報を得ているのかもしれない。だからこそ、それを心配して……。

（心配？）

その言葉にひっかかった前原は、思わず苦笑して頭を掻いた。

なんのことはない、やはり弘は工場のことでここへ来たのだ。自分にこれを見せたくてわざわざ連れて来たのだろう。わかってみればスカッと肩すかしを喰らったような気分だが、こういう展開はもとから予測ずみだったたし、仕事と私生活がほとんどいっしょくたになっている弘に悪気はない。

「おまえな――」

「え？」

「工場の心配すんのはいいけどよ。のんびりしたくってここに来たんなら、ちっとはのんびりしろよ」

苦笑混じりのその言葉にも嫌味はなかった。ところが前原の顔を見ていた弘は前原の忠告にパッと視線を逸《そ》らし、ダム湖を見つめる顔が心持ち赤くなる。自分の企《たくら》みが露見してばっが悪くなったのかと前原が横顔をうかがっていたら、しばらくして囁くような声で言い訳してきた。

「あ…、その、僕は…。――僕は君と工場のこと心配してる時が……、なんて言うか一番……一番楽しいんだ」

「……」

今度は前原が目を逸らす番。

誘ってる？

これって誘ってるよな？

（違う違う）と自制しつつも、前原の目はフラフラと小薮《こやぶ》を探し始めた。もちろん弘を連れ込むためだが、弘がおとなしく連れ込まれるはずがないと考え直してなんとか気持ちを抑え込む。ただし、弘が抵抗するのがまずいのではなくて人目があるのがまずいのだ。堰堤の向こうから歩いて来ているトレッキングの一団が激しく邪魔だ。

（…っくそ！）

「そろそろ帰るか？」

「え？」

「おまえ、明日は仕事だろう」

「あ、…そうだね」

ダムに来てからまだ三十分、のんびりも何もあったもんじゃないが、俄然前原は時間が惜しくなってしまった。とにかく帰りは自分がハンドルを握って、一刻も早くどこかのラブホテルにしけ込んでやろうと大股《おおまた》で来た道を引き返していく。ところがいざ駐車場についてみると、弘がハンドルを渡すのを嫌がった。

「僕が誘ったのに君に運転させるわけにはいかないよ」

「別にいいじゃねぇか。俺だってたまには車を転がしてみてぇんだよ」

「今日はダメだ」

「なんで？　俺の運転が心配だからか？」

「そ…うじゃないけど…」

と、弘はひどく困った顔をしたが、前原に折れる気のないのを察したのか最後には渋々と承諾した。しかし、それでもまだキーを渡さない。

「弘、てめぇ…」

「違うんだ。え～っと、もう一ヵ所行きたいとこがあるんだけど、道を知ってるのは僕だから、そこまでは運転させてくれ」

「まだどっか行く気なのか？」

「うん。ダム湖を回ったところに川魚料理をやってる店があるんだよ。少し早いけど、そこで夕食をどうかと思って。すごく美味しいんだ。――構わないだろ？」

何をするにもスタミナは大切だからな。

「そりゃ…」

全然違う意味で納得した前原は、再びおとなしく助手席へ収まった。まだ日が沈むにはしばらくあるというのに、高い木立のせいで周囲は薄暗い。湖に沿って走る細い国道をしばらく進むと、湖をほぼ半周したところで小さなドライブインが見えてきた。木々に囲まれた目立たない場所にあるわりには駐車場にたくさん車が停まっていて、隠れた人気スポットという感じだ。弘に続いて入った店内はぐっと落ち着いた民芸調。思ったほどには広くなく、中途半端な時間のせいか食事客も少なかった。

なんだか車と客の数が一致しないのが気になったが、前原は弘に促されるように一番隅の小座敷に上がった。ふたりして店おすすめの川魚定食が来るのを待っている間、意外なことに弘がビールをやり始める。

「今日はお疲れさま。仕事の後だったのに、こんなところまで連れ回してすまない」

「…いや、意外といい場所じゃねぇか。次はバイクで来るか？　おまえが免許取ったら練習を兼ねて」

「あ、それっていいね」

ニッコリ笑ってつがれたビールを（まぁお茶代わりか）と一気に飲み干し、一応は弘にもつぎ返す。そしたら弘も一気にコップを空にした。食事が始まっても万事この調子で、梅雨がどうの、釣りがどうの、バイクがどうのとくるくる話題を変えながら、弘はせっせと前原のコップにビールをつぎ足していくのである。

まさかこっちの下心を察して酔いつぶす気じゃないだろうな――と警戒したが、そうでない証拠には、同じ量だけ弘も飲んでいるのだ。そんなこんなで気がつけば定食をあらかた食べ終わるまでに中瓶三本。大の男ふたりならけっして多い量ではないけれど、車を運転していいはずもない。

(車の中で少し休むか、それとも一番近いラブホまで目を瞑るか…)

殊勝に悩んでみせても、前原の心は最初から決まっている。煙草を一本だけ吸ってから、いつまでも未練たらしく皿をつついている弘に「じゃあ、そろそろ帰るか?」と右手を差し出したのは、もちろん車のキーを渡せと言ったつもりだった。

ところが、何を思ったか前原の大きな手を見たとたん弘の態度が一変した。急にそわそわと落ち着かなくなり、あまつさえ視線を逸らそうとする。

さすがにこれにはムカッと来た。

「おい、キーをよこせ」

「え? あ、…ま、前原、あの…」

「ここからは俺が運転する約束だったよな?」

「そ……、そうだけど、君は飲んでるし」

「そりゃおまえだってそうだろうが」

自分から飲ませといて今さらヘリクツ言ってごまかすんじゃねぇぞと睨みつたら、弘もクッと眉を寄せた。

「そう。そうなんだ。だから…」

「だから？　だからなんなんだよ」

「だ、だから、い……い、飲酒運転はまずいから、と、ととと、泊まろうか！」

「泊まるってそんなもん…」

（は？）

今なんて言った？

思わず動きの止まった前原の視界の中で、弘が首からスウッと赤くなる。相変わらず目を合わせないまま差し出された前原の手をそっと押しかえした。

「あの、この店、………裏手で旅館もやってるんだ」


明日の仕事はどうするんだ？

——なんて、野暮なことは口が裂けても絶対に訊かない。

平たい石が階段状に並んだ坂道をゆっくりと降りながら、前原は前を行く弘の背中をじっと見つめていた。

どうせこいつのことだ、有休なり代休なりの届け出をちゃんと出して、誰も困らないようにしてあるんだろう。

食事をした店はすでに木立の向こうへ消えている。あそこはもともとこの坂の下に建っている湖畔の宿が、泊まり客に評判のいい料理を日帰りの観光客にも提供しようと国道沿いに進出したものらしい。不自然に多く感じた車の中には旅館に泊まる客のものも含まれていたのだ。

（しかし…）

どうしてこう、回りくどいことするかな？

そう考えたら無性に笑えてきた。

今日日《きょうび》、女だってもっとわかりやすく男を誘って来るぞ。いちいちこんなしち面倒くさい手順を踏まなくても、俺はおまえとならそこらの草っぱらだって——。

（いや違う）

それは違うのだ。これは弘が言っていた通り、慰安旅行のやり直しなのだ。この一ヶ月、弘は本当に無我夢中だった。だからこんな形でも少しだけのんびりしたかったのだろう。

——俺と？

「弘」

数メートル先で「え?」と振り向いたのに追いつき、前原は強く弘の腕を引いた。

「まえ…」

前触れで浅く口づけ、抵抗しないのを確認してから深く犯す。風の止まったひそやかな間道にふたりきり、弘の手がゆっくりと自分の背に回ってためらいがちに抱きしめてくるのを感じたら、前原の身体の芯が甘く疼《うず》いた。もしも坂の下に誰かの気配を感じなければ、そのまま弘の身体を探っていたかもしれない。ズクズクと古い枯葉を踏みしめる音が聞こえたとたん、ふたりは弾《はじ》かれたように身体を離した。

「ああどうも、いらっしゃいませ」

声とともに現れたのは年期の入った法被《はっぴ》姿の、いかにも旅館の主《あるじ》といった初老の男だった。

慌てて前に出た弘を認め、ニッコリとお辞儀する。

「阿久津さまで?」

「——はい。お世話になります」

「どうぞどうぞ。…おや、お客様はもしかして以前ここへおいでになったことがありませんか?」

「ええ。四年ほど前に一度」

「ああやっぱり」

前を行く弘と主人のやりとりを聞きながら、前原は坂の下に現れた二階建ての和風旅館を見た。玄関に『猪野亭《いのてい》』の看板を掲げた古い旅館はちんまりと湖畔に立ち、その規模は一週間前の『おじろ屋旅館』を巨大化学製造業《メーカー》の大東亜有機にたとえるなら、こっちはそれこそ喜美津化学といった具合だ。

しかし通された八畳の部屋からはダムに続く猪野湖が一望できて、なんとも清々《すがすが》しい空気に満ちていた。仲居が宿帳を持って来るまでの間、和室には珍しい出窓にふたりで腰掛けて夕暮れに赤く染まる湖を眺める。

「おまえ、変わった宿知ってるんだな」

「うん。猪野山に登る人とかがよく使うらしいんだ。もっとも僕は化石掘りの時に教授に連れて来られたんだけどね」

「ふたりで泊まったのか？」

その問いかけにひそむ疑念を、我ながら馬鹿な妄想だと前原は思った。が、それでも少し胸が騒ぐ。訊かれた弘はそれに気づいた様子もなく、おもむろに記憶を辿る表情になった。

「いや、…うちの研究室のメンバーで男ばかり五人。毎年恒例の行事で『参加すると必ず卒業できる』ってジンクスがあってさ。泊まりがけってのは初めてだったらしいけど」

「じゃあみんな無事に卒業できたわけか」

「ひとり留年した」

「ならここは曰《いわ》くつきの宿じゃねぇか」

「かもね」

弘はくすっと笑い、それから窓辺を離れる。

「でもここなら…男同士でもあまり目立たないから」

「……」

離れ際の囁くような言い訳が、前原の冷めかけていた情欲を再び強く刺激した。秘された関係の後ろめたさは、欲望を燃え上がらせる糧になっても妨げにはならない。宿帳に名前を連ねる行為がさらに前原の身体を熱くし、数人の客と一緒になった浴場では極力弘の裸体を見ないで過ごした。

浴衣姿でもどった部屋はすでに薄暗く、敷かれた白い布団がぼんやりと浮き上がって見える。座卓の小盆には主人のサービスだというメモ書きと一緒に地酒の冷やが用意されていて、黙ったまま酌《つ》み交わした酒はサラリと旨《うま》かった。

部屋の灯りを点ける気はない。朧気《おぼろげ》な月明かりの中で弘の手をそっと握ったら、女とは違う指先で強く強く握りかえしてきた。

「……あ、…前原」

鎖骨の上に痕をつけようとすると、弘は決まって身をよじる。理由は前に聞いていたが、今夜はだめだ。

「こんなとこ誰にも見えやしねぇよ」

「で、でも……」

やっぱり嫌だというふうに顔を背けられて、前原は（いまさらなんだ）と意地悪く笑った。

長い口づけの後、互いに浴衣を剝《は》ぎ取り合い、一糸まとわぬ姿で抱き合っている。小さく痕を残した鎖骨から鳩尾まで、ねっとりと舌を運んで胸の粒を弄《いじ》くれば、昂奮《こうふん》した弘の身体が素直に嬉しがった。

「…んっ」

「キスマークなんか女につけられたって言えばいいだろうが。せっかくの武勇伝が泣くぜ弘」

「あ、な…んだよそれ……」

「おまえ慰安旅行でコンパニオンとえっちしたってことになってるんだろ?」

「……え?」

「俺も江夏に見られたし、今回はおあいこだ」

「――? ――見…られた? 江夏っちゃんにって………な、何を見られたんだ前原!?」

咄嗟に身を起こそうとしたのを自分の体重で押さえ込み、「慌てんじゃねぇよ」と笑う。

「だって」

「黙れ」

弘の両手は前原の肩にかかっている。その右手を摑《つか》み取り、前原は束ねた弘の指を愛《いと》しげに唇で撫《な》でた。爪をきれいに切りそろえられた指先は、女の尖ったそれのようには凶暴でないはずなのに。

「残ってたんだ背中に——おまえの爪痕」

「え？　…ぁつっ！」

指先を噛んだら弘が呻いた。構わず手のひらをしゃぶり、指の股をいやらしく舐《な》め上げれば、それだけで面白いように弘が乱れていく。

「あ…ぁ」

「…えらく派手についてたぜ」

「あ……まっ……前原」

「まだうっすら残ってる……」

音を立てて弘の指を弄《もてあそ》んだ後、前原はゆっくりと身を起こした。両手首を押さえ込まれたまま忙《せわ》しなく上下する弘の胸が、汗に濡《ぬ》れて妙に色っぽい。青白い月明かりの中、四つん這いになった前原の影が弘の身体の上を妖しく蠢《うごめ》き始め、半ば開きかけていたその両足を右の膝頭であっけなく割り裂いた。そのままゆるゆると膝を進めれば、弘の左腿《もも》が淫《みだ》らに高く持ち上げられていく。

「あ、嫌だ」

「うるせぇ」

あらぬ部分を晒《さら》されて、恥辱に震えるのがすごくいい。

前原は舌なめずりしながら残った方の膝で弘の股間《こかん》をやんわりと押しつぶした。

「…っ!!」

そこはすでに限界近くまで膨れ上がっている。膝越しに弘の驚愕《きょうがく》が伝わってきて、前原は口のはしをクッと引き上げた。

この程度で驚くんじゃねぇよ——。

「覚えてるか？——おまえ、前にこうやって俺を可愛がってくれたよな？」

「あ…あぁ…っ…あっ」

耳元で囁きながら膝頭を緩く動かす。下肢をこね回されるたび、同じリズムで弘の身体が波を打った。そうだろう。こんなふうに攻められて男がじっとしていられるわけがない。

俺だって——

「マジで気が狂いそうだったぜ」

それで完全に火が点いた。

「覚えてんのか？」

固く目を閉じ、弘は嫌々と首を振った。朱を刷《は》いた目尻が濡れ始めている。

「ひろし」

「……っん」

「——あれ、わかってやったんだろ？」

「あっ」

ぐいぐいと先端を刺激されて、ビクン！ と大きく弘の腰が震えた。その後小刻みに震えるのは、このまま絶頂まで追い上げて欲しいという弘の合図だ。——が、前原はそれ以上膝を動かさなかった。

つれない仕打ちに、焦る弘が吐息を零す。

「ま…前原」

「……待てよ」

まだ夜は始まったばかりだ。

さっさと自分だけですませるなというつもりで身を屈《かが》め、耳元でもう一度「待て」と囁いてやったら、弘がうっすら目を開けた。濡れた視線が絡み合ったとたん、前原の腰が甘く痺れ始める。

（ちくしょう、待てって）

逸《はや》る身体を叱《しか》っても、どうしても誘う弘に抗《あらが》えない。ぐっとこらえたのもつかのま、前原は我慢できずに弘の唇に喰らいついた。

「……ん……ぅっ…んん」

鼻から漏れる泣き声に煽《あお》られて、無我夢中で弘の口を貪《むさぼ》りつくす。零れる唾液《だえき》を舐め取っては舌を含ませ、素直に応えてくるのをすすり上げた。

いつもこうだ。

いつも弘を追いつめようとして、気がつけば自分が追いつめられている。

重なった唇を離す頃には前原自身も喘《あえ》ぐほど昂奮していた。

「弘、……っ…使え」

「…あ……ぁ」

「俺のを使え」

「い……嫌」

両手を押さえ込まれたまま弘が激しく身悶《みもだ》える。動くのはお互いの下肢だけなのだ。それも前原が中途半端に腰を浮かせているから擦《こす》りつけることもできず、生殺しのような快感が腰に澱みだしている。

「くっ…」

やるせなく呻いたと同時に、高く上がっていた弘の左腿がぶるぶると震えだした。投げ出されていた右の腿もじりじりと動き始める。まるでその動きを待っていたかのように前原の膝が前へ進んで、弘の両足を淫らに開ききった。

「…っ！」

あられもなく晒された部分に前原が強く押しつけたもの。それは熱《いき》りきった己の硬直だ。欲情の露をフッフッと吐くそれが、これ以上ない熱と容量で弘の理性を吹き飛ばしにかかった。

「使え」

「あ、…あぁっ」

「早く」

「ううっ」

苦悶の表情で弘の腰が動き始めた。お互いを強く擦れないのがもどかしいのだろう、温《ぬる》い快感に何度も何度も切ながる。その乱れた表情にそそられて、前原自身も気をやるまいと必死になった。

最初の女の時だってもっと余裕があったはずなのに。

前原は弘の両手を離し、今度は強引にその腰をすくった。

「あ!?」と弘が目を瞠る。

押しとどめようと動いた弘の手をものともせず、前原はお互いの欲望を自分の手の中で重ね合わせた。間髪入れずに音が立つほどきつく扱《しご》かれて、弘の腰が限界まで反る。

「あ、あぁぁ、まっ」

「腰を、う、…っごかせ」

「いっ……」

「ひろし」

「あ、あ、あ」

「こうやるんだ」

「ああっ！」

溶けかけた腰を抉《えぐ》られてはひとたまりもない。

前原に握り込まれたまま弘は一気に絶頂へ駆け上った。だが弘の精で手を汚しても、前原には弘を休ませるつもりはなかった。未だ吐精の余韻に震える身体を力任せに布団へうつぶせ、汗ばむ左腿をかかえ上げる。

「…っあ、……ま、まって」

掠《かす》れた声は何をされるかわかっているから。――ならば遠慮はいらないだろうと指を濡らして、前原はおもむろに弘の中深くを探り始めた。自分の精をそこに塗り込められる羞恥《しゅうち》に弘は身をよじって嫌がったけれど、それを許さず指を一本、また一本と増やしていく。

「あ、はぁ、…っ…あぁ」

増やすたびに弘が鳴いた。

「弘」

「んんっ、……っ……」

「……いいんだろ？」

「……っ」

月明かりの中に答えは聞こえない。前原が指を抜いて己の滾《たぎ》る膨張を押しつけたら、微《かす》かに息を呑む気配だけがした。弘は左の腿を前原に抱かれたまま身体を開いている。その投げ出された右足を跨ぐように跪《ひざまず》き、前原は残酷な声でもう一度だけ「いいんだな？」と囁いた。

——それからの凌辱《りょうじょく》は長かった。

月が中天を越えて傾いても、前原の熱は冷めようとせず、弘を背後から横抱きにしたまま、太々と猛《たけ》ったモノで何度でもその最奥へ押し入って行く。前原の硬い先端が身の内の官能を擦り上げるたび、抱え上げた弘の左腿が弾かれるように痙攣《けいれん》した。

前原の右手は膨張しきった弘の欲望を弄り続けている。撫でて、さすって、先端を抉《こ》じて。それでもけっして達《い》かせないのだ。このまま二度目を迎えさせたら、きっと弘の眠りが近くなる。どうしても朝まで眠らせたくなかった。

「ひろ……し」

グッ、グッ、と情熱的に突き上げながら名を呼べば、声にはならない声で（まえはら）と甘く応えてきた。それが腰の動きをいや増す。

「弘」

「……ん……あ……ぁ」

「おまえが好きだ」

「はっ…、ぁ」

「…いいのか？」

弘の耳たぶを優しくしゃぶり、前原は深く大きく腰を使った。仕事で荒れた指先が弘の股間を離れてそっと胸を探り始める。とたんに弘が仰け反った。弘に呑み込ませていた欲望を痛いほど締めつけられて、前原の限界も近づいてくる。

「ひ…ろし」

「あ、………あ、あ」

「お…まえが好きだ…」

グッと突き入れたら、「あ」と泣いた。泣けるものなら自分も泣いてしまいたい。

「——いいか？」

「………あぁ」

「なぁ……いい…のか？」

ずるりと引き抜き、もう一度最奥まで。頭がくらくらする。

「い……」

「——ひろし」

「…いや。ま、前原っ、いやだ」

「——っ」

甘い拒絶が不思議なくらい愛おしかった。怒濤のようにこみ上げる思いをどうしようもなくて、前原はその夜最初の激情を弘の中に放った。

夜の終わりは賑々しい野鳥のさえずりの声。

聞き慣れない朝の気配に目蓋を抉じ開けられて、前原はゆっくりと身を起こす。ぼんやりとした視線の先、浴衣姿の弘が出窓に腰掛け湖の方を眺めているのを見つけて、前原は浴衣を羽織ってその横に立った。

身体がまだ少し熱い。

「寝なかったのか？」

「いいや寝たよ——おはよう」

「ちょっとそこあけろ」

「ここ？　君はそっちに座ればいいじゃないか」

「おまえの後ろがいい」

「前原」

「よけろ」

「……」

結局は折れて身体をずらした弘の、その背中を抱くように腰を下ろす。狭い窓の張り出しの上で強引に身体を引き寄せたら、弘は少しだけ抗ったけれどすぐにおとなしく背中をあずけてきた。窓が西を向いているせいか朝日は湖を輝かせるばかりで部屋は未だに寒く、薄い浴衣越しの互いの熱だけが温かい。

「――前原」と囁く声に「なんだ」と囁きかえした。

「……困っているんだ」

「え？」

「僕は今――すごく困ってる」

何を？　と訊こうとして、前原は弘の視線の先にある猪野湖を見た。もとの風景を知らないから気にならなかったけれど、ここも空梅雨でかなり水が減っているのだろう。

しかし――。

「おまえなぁ、おまえがいくら困ったって雨は降らねぇぞ」

「……違うよ。僕が困ってるのはそのことじゃない」

「じゃあなんだ？」

「決まってるだろ、君のことだ」

「俺？」

意外な台詞に前原はムッと眉を寄せた。

「俺が何したってんだよ？」

「何もしてないつもりなのか？」

「なんだと？」

弘は前原の緩い拘束を解いて立ち上がった。行かせまいとして手を引いたら、ゆっくりと振りかえる。前原を見下ろす弘の目の中には確かに困惑の色があった。

「弘」

「僕は……今までこんなことはなかったんだ。仕事はしんどくても楽しいし、いつでも簡単に夢中になれた。それなのに…」

どこか甘味を帯びた責める口調はあの夜と同じ。自分はおまえのために喜美津に来たんだからと居直ったあの時も、弘はこんな表情をしていた。

いきおい立ち上がろうとした前原を弘の言葉が押しとどめる。

「それなのに気がつくと君のことを考えてる。君のことを考えて、一日仕事が手につかないことがある。それってとんでもないことだと思わないか？」

「——おまえ…」

そんなことを困ってるのか？

「困るんだ。こういうのは本当に……困るんだ前原」

「じゃあ一生困ってろ」

「！」

キッパリと言ってやったら、なんともいえない表情になった。

「君は…本当にひどい男だな」

俺がひどいだと？

前原の頭の中でカチンと音がする。

ひどいのはどっちだ。おまえくらい俺をいじめるやつはいないのに。

前原は今度こそ本当に立ち上がり、弘を敷布団の上へ突き飛ばした。

「あ!? ま、前原！」

「うるせぇ」

抗う隙《すき》も与えず浴衣を剝ぎ取る。情事の痕が生々しい胸に舌を這わせ、煉瓦色の粒を赤く勃《た》ち上がらせた。

「ま…前原っ、まっ、…あ、待って、もう…」

「まだ時間はある」

「やっ、嫌だ」

「嫌だなんて言うな馬鹿」

拒む下肢を抉じ開けて指をねじ込めば、そこはまだ昨夜の名残をとどめていた。いやらしく湿った感触に前原のボルテージが跳ね上がる。欲望が命じるまま急速に血を滾らせ始めた硬直を弘の狭間《はざま》へ押しつけ、前原はいきなり突き犯した。

「…っ！　…〰〰っ!!」

声なき悲鳴をあげたのは弘だ。だが痛みに引きつる身体を前原が何度も揺さぶるうち、耳元の苦しい息遣いは喘ぎに、喘ぎはいつしかよがり声に変わっていった。一晩中情事に溺《おぼ》れた弘の身体が再び悦楽に落ちるのはあっという間だった。

「あ、…あぁ……あ」

甘い呻きに煽られる。重なった腹の間で弘の欲望を鷲摑《わしづか》みにし、前原は凶暴に腰を使った。その動きに合わせて淫らにうねる弘の肢体が、前原の情欲を際まで誘う。

「…っくそっ」

「──っ！」

ふたり同時に、震えるように精を吐いた。

だが一度吐き出すだけではどうにも治まらなかった。

「ひろし」

「あ、あ、ま…えはらっ」

夢中でしがみついてくる身体を力一杯抱きしめ、前原は発情した弘をさらに激しく犯し続けた。たまらない喘ぎ、痛いほどの快感、気持ちが暴走にしてどうにかなりそうだ。

揺さぶられる弘が極まって泣く。

「ま、前原っ…き——君が…——だ」

「…っ」

でも譫言《うわごと》のような告白を確かめたりしない。今は互いの燃える身体だけでいい。

窓の外は明るさを増し、ふたりの短い旅は終わろうとしていた。けれど朝日の差さないこの部屋はまだ十分に薄暗い。やがて来る白昼まで、情と身体で慰め合うふたりをどうかこのまま隠し続けていて欲しい。

——前原はその時、心からそう願っていた。

＊＊＊

「ど〜も、お疲れさん」

火曜日の午後一時過ぎに前原と竹中が事務棟二階の会議室に足を踏み入れたら、すでに他部署は全員そろっていた。弘は木崎、江夏とともに一番前の席に陣取って、前原の視線に笑顔で応える。その前には膨大な資料が積み重ねられていた。

「あ〜、本日はお疲れ様です。会議の主旨は前もって品証からアナウンスしておりますが、わが工場の今後の埋設配管メンテに関する計画書を作成することです。え〜、これは役所に提出しますので、なるべくしっかりしたものを作りたいと思います。あ〜、またこの一ヶ月間の活動の中で、埋設配管に関する諸問題が明らかになってきたのはご承知の通りですが、配管はいわば工場を人間の身体にたとえた場合の血管なわけですから、今後のためにもその健全性について議論したいと思います」

工場長である浦野の開会の挨拶の後、まず口火を切ったのは製造部だ。前原が反応釜下のトンネル化をすでに実行中であると発表したら、すぐさま弘が反応する。

「——トンネル…というと、幅を拡張するわけですか？　今は人ひとりがやっと通れるくらいですよね？」

「はい。周囲をさらに掘り進めて、最低でも今の倍の広さは確保する予定です」

「じゃあ工事中からトンネルの強度問題が出て来ると思うんですが、それについてはどういう見解なんですか？」

つまり、安易に土中の穴を広げて反応釜が地盤沈下したらどうする、と訊いているのだ。

「下にかかる荷重の総計は液移動以外に荷重の変動要因がないため、反応釜およびその周辺設備の重さをプラスして考えています。工法はＮＡＴＭを簡便化し、反応釜の真下だけＨ型鋼を入れる予定です」

言いながら配ったNATMの資料を弘は興味深げに見つめていた。もともとは大規模なトンネルを迅速に建造するための工法だが、穴掘りの原理は同じだと結論づけている。

「またそれとは別に、埋設配管が交錯する要所要所を掘りかえして溜《た》め枡《ます》状に改造します。今回のような漏洩《ろうえい》問題が起こった時、いち早く漏洩箇所を特定するためのチェックポイント代わりです」

二枚目の資料は溜め枡設置予定箇所を指し示した配管図。それを見たとたん、弘が猛烈な勢いで配管図に何かを書き込み始めた。

（……？）

いったい何を、と訝しくその様子を見入った前原の耳に、浦野の声が飛び込んで来る。

「前原くん、この工事のコストは計算してるのかね？」

「あぁ、それについては私からご説明しますよ、工場長」

そう言って手を挙げたのは製造部長の竹中だ。おもむろに前原とバトンタッチして、工事にかかる費用の説明に入った。

「――と、まぁ、こんなもんですわ、工場長」

「う～ん、コスト的に多少かさんでも一度ちゃんと整備しておけば今後が楽だものねぇ…。工場の人員が主体となって作業するのを前提に、本社へ稟議《りんぎ》を上げようか」

製造部の資料をそろえながらの浦野の言葉が、その場の最終判断になった。役所への届け出はその稟議が通ってからになる。トンネル成型のH型綱だけでも材料費としてはかなりのものだが、製造業を愛する社長ならその必要性を正しく理解してくれるだろう。

その後、業務部が製造部のアイディアに便乗する形で露出配管の一部を埋設にしてしまいたいと申し出、それも了承された。が、意外なことに品証は配管メンテに関して最後までまったく発言しなかった。木崎はニコニコと会議の推移を見守り、江夏は何やらゴソゴソと手持ちの資料を探り、弘は相変わらず前原が配布した資料に書き込みを続けている。

この反応のなさはいったいなんだろう。前原は訝しく弘を見た。会議の準備で忙しいのではなかったのか、そして実際に忙しく工場中を走り回っていたのではなかったか。

そんな前原の視線に気づいたらしく、弘は慌てて周囲を見回す。

「——あ、配管メンテについては以上でよろしいでしょうか？　竹中部長、製造の方からまだ何かありますか？」

「いや、うちはもういいぜ」

「ありがとうございます。工場長？」

「阿久津くん、私もいいよ。後は品証が議事進行してください」

「はい。じゃあ江夏ちゃん、ＯＨＰを」

「っス！」

浦野とはある程度打ち合わせができていたかのようなやり取りの後、弘の指示で江夏が持ち出してきたのはオーバー・ヘッド・プロジェクター、――透明なシートの上に書かれた文字や図面を大型スクリーンに映写するあれである。そして、夜のように暗くなった会議室の前面に煌々《こうこう》と映し出されたのは前原の配排水系図から排水系だけを抜粋した配管図だった。

それを見た瞬間、横にいる竹中が「お？」と声をあげる。前原も思わず目を瞠った。なぜなら見馴れたモノクロの配管図に色鮮やかな赤や青の彩色が施されていたからだ。衆目の中、弘が光の中に立ち軽く会釈をする。

「それでは配管メンテに引き続き、これから工場の排水系改修に関する品証の素案をご説明します。まず配管図をご覧ください。配管につけた色はそこを流れる水のpH《ペーハー》を表しています。色の意味はみなさんもご存知のリトマス試験紙と同じです」

（pH？）と前原は腕を組んだ。pHとは水素イオン濃度のこと。最近は弱酸性の石鹸《せっけん》が売り出されたり酸性雨が問題視されたりしているから、pHという尺度への認知度は高くなって来ている。自然界の大部分の水が中性であり、工場が排出する水も当然中性にpH調整されるよう規制がかかって、喜美津もそれを守っているのだが――。

しかし、前原は配管図の色の変化に思わず眉を寄せた。弘の説明からすると図面上の緑の部分がほぼ中性、それから黄色、赤になるにつれて酸性、反対に青から紫に変わればアルカリ性ということになる。支流から本流へ色の変化がスムーズであればそれなりに無駄のない排水系といえるが、今見せられている配管図ははっきり言って色がバラバラだった。

「これはこの一ヶ月間、製造部の皆さんが集めてくれたサンプルを調査して得られた結果の一部です。pHは最終的に中性に調整されるため、どこにどんなpHの液体が流れていようと私は気にしていませんでした。けれど最終日に起こったアンモニアの漏洩事故が、工程水のpH変動に起因すると気がついたんです。それを教えてくれたのは山川さんです」

「……うちの山川が？」

「はい。竹中部長、あの細い配管の中でアンモニアガスが発生して再び分解するというのをご存知でしたか？」

「あ？　……ああ、そういえば誰かがそんなことを言ってた……かな？」

どうだっけ？　という竹中の視線に、前原は大きく肯いた。確かに覚えがある。

「辻さんですよ。去年辞めた辻本さんが言ってました。まだ工場ができたばかりの頃に、自分の鼻で確認したって」

それを山川も覚えていたのだ。おそらく他にも何人か辻本の〝身体で調べた化学反応〟を伝授されている部員がいるだろう。

前原の言葉を受けて弘が続ける。

「皆さん、アンモニアの漏洩が起こったのはここです」

弘が指し示した部分に全員の視線が集中した。そしてどよめきが起こる。複雑に入り組んだ配管図の中で、その部分はまるで横断歩道の白と黒のように黄色と青色が交互に現れていたのだ。つまり、工程水が酸性になったりアルカリ性になったり、めまぐるしくpH変動を起こしていることを意味している。

「もともと酸性の工程水中に含まれるアンモニウム塩が、急激にアルカリ性になった時点でアンモニアガスを発生し、ここで再び酸性化して塩《えん》の形にもどっていくと思われます。アンモニアは腐食性物質ではありませんが、金属とも反応します。また反応釜の下は常時熱せられた状態で、配管への負荷は相当大きかったのではないでしょうか」

そうか、と前原は思った。あそこでそんなことが起こっていたのかと。考えてみれば反応釜の中で化学薬品が造られていくように、配管の中でも激烈な化学反応が起こっているのだ。それに長年曝されたからこそ、喜美津の埋設配管はボロボロになっていた。

思わず身を乗り出す。

「そこの——、その激しいpH変動をなんとかできないのか？　どうせ流入してくる他の工程水の影響だろう？」

「その通りです。pH変動はすべて二種類の工程水が混合された結果起こっています。必要不可欠な混合もありますが、むしろ悪影響を及ぼしていると思えるものもあります」

「悪影響…？」

「喜美津の埋設配管は工場の拡張とともに増設がくり返されてきました。その時、もっとも工事がしやすい位置で配管を繋げているんです。作業は効率化しましたが、中を通る工程水の性状を考えれば必ずしもベストではありませんでした」

弘が真っすぐ前原を見た。その熱のこもった視線に、前原の中の何かが反応する。

「それは仕方がなかったと思います。喜美津ができた頃に工程水の性状を考えて配管を繋げるような工場は皆無に近かったはずです。なぜなら、自分たちの流している工程水が配管の中でどうなっているのか、知りたくても知りようがなかったからです。知ろうとすれば、この一ヶ月喜美津がやってきたことと同じことをしなければなりません」

隣の竹中が（ふぅ）と息をついたのは、長く困難な作業を思い出したからだろう。一銭の金にもならない作業は営利目的の企業では極力排除される。喜美津だって操業停止の恐れがあったからこそ仕方なくやったに過ぎない。

「我々は排水の問題で工場中を掘りかえしました。悪化原因を突き止めるという意味では三百を超す採取サンプルのほとんどが無駄になりましたが、排水系の性状把握という観点からは、これ以上確かなものはありません。お金をいくら出しても買えない貴重なデータです」

弘の合図で江夏が新しいOHPシートを重ね合わせる。配管図の上に赤い矢印が現れる。

「矢印で示した場所は配管の繋ぎ直し予定箇所です。配管の連結を工程水の性状に併せるんです。これで配管への負荷が少なくなり、結果的にメンテ作業の軽減も図れます」

「あ〜、そりゃまた掘りかえすってことかい？」

うんざりといった竹中の声にも弘は怯《ひる》まない。むしろ（待ってました）といわんばかりの表情で手元の紙切れを顔の前まで持ち上げた。それはさっき前原が配った溜め枡ポイントを記した配管メンテの図面だった。

「掘りかえします。でも、それほど大変ではありません。品証がつけた矢印と製造がピックアップしたメンテポイントは七割方重なっています。製造部が積極的な計画を上げてくれたので、私も面倒な作業をお願いする心苦しさが減りました」

（これか！）

さっきからあいつが熱心に書き込んでいたのは——。

前原はムッと口を引き結んだ。弘はこの一週間をかけて配管の繋ぎ直しポイントを検討していたのだ。無駄になりかけた三百のサンプルを、こういう形で実に結んだ。おそらくメンテに関しては最初から製造部に一任するつもりだったに違いない。

この野郎、となぜだが腹が立ってくる。いや、腹が立つのと似た情動だが、けっして怒りではない。睨みつける前原の視界の中で弘はおもむろにOHPを外した。窓のブラインドが開かれ照明が一斉に点灯し、緩いまぶしさが会議室を覆った時、弘はさらにしゃべり始めた。

「なお、配管の繋ぎ直しが完了して工程水の性状が落ち着き次第、次の計画に移る予定です」

「おいおい、次って何よ阿久っちゃん。まぁだ何かする気かい？」

「竹中部長、実はこれからが本題なんです」

「へぇ？」

弘はチラリと前原を見た。面白くて仕方がないという顔をしている。弘がもっと大がかりな仕事をぶち上げるつもりだと前原はすぐに察した。その心地よさげな緊張がビンビン伝ってきて、謎《なぞ》めいた興奮が前原の体奥から湧き出し始めていた。

（言え。はやく言っちまえ）

前原の心の声に応えるように弘が肯く。

「ご報告します。品証ではこの夏から二年をかけて、配排水系のクローズドシステム化を検討、実施することに決定しました」

それは意欲満々の声だった。

「…は？」と言ったきり押し黙ったのは竹中。驚いた顔で弘を見つめたのは浦野。他の誰もが似たような反応だったが、前原だけは違った。

（クローズドシステム…）

聞いたことがある。詳しくは知らない。だが弘の言ったのは文字通り、排水の大部分を再利用することで工場外からの水の供給をゼロに近づけようという、閉じた――つまり外に向かってクローズドしたシステムのはずだ。使った水を浄化して何度でも再利用する。一見、単純な仕組みに思えるが、水の使い捨てを前提に組み立てられている工場をクローズドするのは生半可なことではない。昔使ったノートをまた使いたいからといって、全ページに消しゴムをかける人間はそうそういないだろう。

手間なのだ。そして場合によっては新しいノートを買う方が安上がりなのだ。それだけのマイナス要因を乗り越えた上での唯一の利点は、新しいノートが要らないということ——。

前原の脳裏に貯水の乏しくなった猪野ダムの様子がありありと蘇ってきた。渇水が起これば生活用水と同じように工業用水も間違いなく不足する。どれだけ金を積んでも、水がなければ売ってもらいようがない。水の供給が止まれば工場は操業停止に追い込まれる。その時、操業が続けられるのはクローズドシステムを確立した工場だけだ。

今年の夏には間に合わないけれど、次の渇水には必ず間に合わせてみせる。——それが二年という表現になった。

（…っくそ！）

むくむくとこみ上げて来るのはやはり怒りなのか？

その感情を前原が見極める前に、弘がさらに煽ってくる。

「処理系統および再利用方法の叩《たた》き台は品証が作ります。ただし、実際の設備化への線引きは、製造部にお願いするつもりです」

つまりおまえにだ、と弘が前原を見てニッコリと笑った。その笑顔にブルッと前原の全身が震えた。怒りにも似た、喜びにも似た、言葉にならない強烈な征服欲が弘に向かってほとばしった。

ほらみろ、と思う。

ついに理性が気持ちに追いたぞ――と。

理性と気持のせめぎ合いにもう悩むこともない。そのどちらもが同じ比重で阿久津弘という男を欲しがっている。この身体の下で熱く喘ぐ弘も、とてつもなく面倒な仕事を平気な顔で振ってくる弘も、まとめて全部自分のものだ。

未だクローズドシステムの説明を続けている弘を見つめながら、全身がうっすら汗をかく昂奮の中で前原はたったひとつの〝怒り〟を見つけた。見つけたとたん、その口のはしが獰《どう》猛《もう》に引き上がっていく。これをネタに今夜また弘をいたぶってやってもいい。

てめぇ、俺のこと考えて仕事が手につかないなんて嘘だろう?

あとがき

こんにちは、鳥城あきらと申します。

本日は拙作をお手にとってくださり、ありがとうございました。嬉し恥ずかし弘と前原の工場ライフ第二弾です。書いている本人が世界で一番喜んでおります。

さて、今回の弘たちの奮闘ぶりはいかがだったでしょうか？

慰安旅行と銘打ちながら、穴を掘ったり配管を替えたり、あいも変わらず忙しいばかりでいったい慰安はどこ？　というふたりでしたが、またよろしかったらご感想などお聞かせください。ちなみに彼らを含めた喜美津化学の頑張りは、いま少しシャレード本誌で書かせていただける予定です。

はたして夏の渇水はやって来るのか？　来たら工場が壊れるんじゃないか？　ついでに（ついでか？）弘と前原がどうなるかも心配!!――な皆さまも、そうでない皆さまも、ぜひぜひ本屋さんに足をお運びくださいませ。

挿し絵をいただいた文月先生、今回もたいへんお世話になりました。

書き文字流麗なS編集長さま、今後とも厳しいツッコミよろしくお願いします。

そして何より読者の皆さま、許可証シリーズへの暖かいご声援、心から御礼申し上げます。皆さまが様々な形でお寄せくださるお声だけが鳥城の物書きのエネルギー源でございます。ＰＣモニターの前で突っ伏することしょっちゅうの日々も、皆さまを思うことでジ～ワジ～ワ進んでいけます。感涙。

最後になりましたが、去年は日本のあちこちの工場で大きな事故が相次ぎ、ずいぶんと身につまされる一年でした。今年こそは日本中の工場が平穏無事に稼動を続けられますよう祈っております。…って、こんなところで祈られても、製造業界のおじさんたちは眉間にしわよせて困るだけでしょうが（笑）。

平成十六年　五月　鳥城あきら拝

すか～…
OMAKE MANGA
ATSUYO FUDUKI
どうしよう…
にこにこ
にこ～
前原…
サンコン…
ううーん
前原サンコン!?
しい… 失礼致しました…ゲフゲフン。
…って誰ー!?
俺の名前はケニちゃん
むにゃ むにゃ
パフンでウニウニパウチッコー
うーん うーん

◆初出一覧◆
慰安旅行に連れてって!<前編>(シャレード2004年1月号)
慰安旅行に連れてって!<後編>(シャレード2004年3月号)
pleasure trip(書き下ろし)

CHARADE BUNKO
慰《い》安《あん》旅《りょ》行《こう》に連《つ》れてって!

[著　者] 烏城《うじょう》あきら
[発行所] 株式会社 二見書房
東京都千代田区神田神保町1-5-10
電話 03(3219)2311[営業]
03(3219)2316[編集]
振替 00170-4-2639
[印　刷] 株式会社堀内印刷所
[製　本] ナショナル製本協同組合

落丁・乱丁本はお取り替えいたします。
定価は、カバーに表示してあります。

ISBN4-576-04082-0
http://www.futami.co.jp

CHARADE BUNKO

スタイリッシュ&スウィートな男たちの恋満載

鳥城あきらの本

前代未聞のガテン系濃密ラブ！ シリーズ第一弾

許可証をください！

イラスト＝文月あつよ

中小化学薬品メーカーの品証部に勤務する阿久津弘は初の四大理系卒のホープとして期待される身。そんな弘が社命でフォークリフトの免許を取ることに。指導係は製造部の若頭・前原健一郎。とある出来事がきっかけで苦手意識を持っていた弘だが、意外にも前原の方は…。